ちくま学芸文庫

柄谷行人講演集成
1995-2015

思想的地震

柄谷行人

筑摩書房

目次

柄谷行人講演集成 1995-2015 思想的地震

地震とカント

私は今日「近代化における都市の連続性と変容」という課題を与えられているのですが、これから話すことはそれとは関連するものの、残念ながら根本的に違っていると思います。というのは、私はむしろ都市の非連続性と変容について語りたいからです。具体的にいえば、地震についてです。ご存じのように、今年(一九九五年)の一月一七日に阪神間に大地震があり、およそ六四〇〇人の死者が出ました。何万もの家が倒壊しました。私は現在東京に住んでいますが、阪神間の出身で、今も老いた母が一人でそこに住んでいます。その家は少し壊れただけでしたが、姉の家は全壊しました。が、誰も死ななかった以上、被害者のうちにも入りません。私はすぐに行こうと思いましたが、地震以後鉄道が停止していたため、尼崎の家に着いたのは約一週間後でした。さらに、その先は電車が不通であったため、神戸港まで歩いて行きました。途中、いたるところで、家屋の倒壊を見ました。最初写真をとりましたが、あまりに倒壊した家屋が多いためにやめてしまったほどです。

神戸の被害に関しては、ここの都市開発が土建屋の利益のためになされていて、住民の安全を犠牲にしていた、あるいは地震後の救援体制、危機管理ができていなかったというような批判が多くありました。その中には、建築家の安藤忠雄のように、都市建設における国家的な統制の強化を主張する者もいます。地震は、政治的に、首相への権限集中、自衛隊の積極的肯定ということへの世論誘導に利用されたのです。

しかし、私が震災のあとを歩き回って思ったのは、それが戦後の爆撃のあとの光景に似ているということでした。私が子供の時に見た神戸は、ほとんど廃墟でした。そして、爆撃を逃れて残った古い建物はたぶんこの地震で崩壊したでしょう。五〇年間の建設にもかかわらず、神戸は再び廃墟になっていたのです。神戸の人たちが震災において冷静な態度をとったのは、彼らがすでに同じことを経験していたからだと思います。

私が考えたのは、このような場所で、建築について、あるいは都市化について語ることは何を意味するだろうかということです。そこで、私は、磯崎新がかつて述べたことを思い出しました。彼の建築が廃墟のイメージに発しているということです。そして、私は神戸においてそれを切実に感じました。われわれは廃墟のイメージなしに未来について、あるいは建築について語ることはできないのではないだろうか、と。

地震からまもなく（三月二〇日に）、日本中を揺るがすもう一つの事件がありました。それはオウム真理教というカルト集団が地下鉄でサリンを散布し大量の被害者を出した事件です。彼らは今世紀末にハルマゲドン・世界最終戦争を予想し、それに備えるだけでなくそれに先手を打つという思いこみによって、化学兵器を用いたゲリラ的戦争に打って出たのです。彼らの理論は、別に日本的でもインド的でもなく、一九世紀に西洋で起こった神智学に発するスピリチュアリズムの末流です。

むろん、地震とオウム事件には何のつながりもありません。しかし、私が阪神の地震とオウム事件の組み合わせから想起したのは、一八世紀半ばのヨーロッパに起こった事件です。正確に言えば、一七五五年に起こったリスボンの地震と、それを予知したスウェーデンボルグのことです。スウェーデンボルグは一級の科学者であり、同時に視霊者（ヴィジョナリ）でした。ある意味で、彼は一九世紀末に隆盛するようになった神智学を先駆ける者です。神智学者は、知的レベルでも視霊のレベルでも、スウェーデンボルグにはるかに劣るものですが。

しかし、ここで私が話したいのは、地震やスウェーデンボルグのことではありません。それらに対して両義的な態度をとったカントについてです。この地震は、ヨーロッパですべての聖人たちを祭るその日（一一月一日）に、信者たちが教会で礼拝していたときに起こりました。そのため、この地震は神の恩寵に対する疑いを巻き起こした。それは大衆的なレベルにとどまらず、全ヨーロッパの知的世界を文字どおり震撼させたのです。私が興味を抱いたのは、そのときにカントがとった態度に関してです。

この地震は、それまで支配的であったライプニッツの予定調和的な形而上学の崩壊を象徴する事件でした。たとえば、ヴォルテールは数年後に『カンディード』を書いてライプニッツ的予定調和の観念を嘲笑しました。神の恩寵が最もあるべき日に大地震が起こったからです。一方で、ルソーも、地震は人間が自然を忘れたことへの裁きであると書きました。文明に対する自然の報復だというわけです。しかし、カントはそのような人たちと全く違っていました。

彼は一七五六年にリスボンの地震についての三つの研究報告を書き、地震について宗教的な意味はまったくないこと、それがもっぱら自然的原因によることを強調しました。さらに地震発生の原因について仮説を述べ、また、ヨーロッパに地震がありうることを警告し、そして、耐震建築の必要を説きました。非宗教的な立場に立つ者さえこの出来事に何らかの「意味」を見出そうとしたのに対して、カントがまったくそれを拒否したことに注意すべきでしょう。

ところが、このカントが他方で、奇妙な態度をとった。つまり、彼は地震を予言した視霊者スウェーデンボルグの「知」に惹きつけられたのです。カントはスウェーデンボルグの奇蹟能力について調査しただけでなく、直接本人に手紙を書き、また面会することを希望した。カントは別に、視霊という現象を認めたわけではありません。彼の考えでは、視霊という現象は「夢想」あるいは「脳病」の一種です。視霊はたんに思念にすぎないのに、それが外から感官を通して来たかのように受けとめられているだけである。

ところが、カントはどうしても、スウェーデンボルグの「知」を否認することができなかった。霊という超感性的なものを感官において受けとることは、多くの場合たんに想像（妄想）でしかないけれども、中には、それを妄想として片づけられない場合がある。特に、スウェーデンボルグは「精神錯乱」とはほど遠い第一級の自然科学者であり、同時に、彼の視霊者としての「予知」能力にも、リスボンの地震予告をはじめ、疑いようのない証拠が数多くあったからです。カントはそれを認めざるをえなかった。だが、同時にそれを否定せざるをえなかったのです。

彼はそのいずれかを決定できない。それを精神錯乱と呼んだにもかかわらず、「視霊者の夢」を真面目に扱わずにはいられない。同時に、そのことを自嘲せずにもいられない。たとえば、彼は、読者が、視霊者を肯定する自分を、（精神病院への）入院候補者だとみなしてもやむをえない、というのです。さらに、このことは「視霊者の夢」にかぎらない、形而上学も同じことではないかと、カントはいう。なぜなら、形而上学は、なんら経験に負わない思念をあたかも実在するかのように扱っているからです。

こうして、カントは、『視霊者の夢によって解明されたる形而上学の夢』と題する自嘲的なエッセイを書いたのです。《しかし、極まるところを知らない哲学と一致点にもち来たらせられ得ないような、いかなる種類の愚事が存するであろうか？》。つまり、「形而上学の夢」もまたこの上ない「愚事」であり、「精神錯乱」なのです。しかしカントがいうのは、にもかかわらず、われわれは「形而上学」を避けることができない、ということです。

それまで社交的であったカントは、その後沈黙します。『純粋理性批判』を発表したのは、それから約一〇年後です。『純粋理性批判』は、『視霊者の夢』のように自己風刺的に書かれてはいません。ある意味で、体系的に構築された書物です。しかし、『視霊者の夢』にあった態度、視霊者を嘲笑し且つ肯定するという態度は消えていない。それは『純粋理性批判』では、アンチノミー（二律背反）というかたちをとったのです。『視霊者の夢』ではこうなっていました。《先に私は一般的人間悟性を単に私の悟性の立場から考察した、今私は自分を自分のでない外的な理性の位置において、自分の判断をその最もひそかな動機もろとも、他人の視点から考察する。両方の考察の比較はたしかに強い視差を生じはするが、それは光学的欺瞞を避けて、諸概念を、それらが人間性の認識能力に関して立っている真の位置におくための、唯一の手段である》（『視霊者の夢』同前）。『純粋理性批判』では、テーゼとアンチテーゼがいずれも成立することを証明し、それによって、いずれもが「光学的欺瞞」にすぎないことを露出させるのです。

では、そのとき、ライプニッツ的な形而上学はどうなるのか。『純粋理性批判』において、カントはこう記しています。《今日では、形而上学にあらゆる軽蔑をあからさまに示すことが、時代の好尚となってしまった》（『純粋理性批判』上、岩波文庫）。しかし、彼はこういうのです。《実際、人間の自然的本性にとって無関心でいられないような対象に関する研究に、どれほど無関心を装ったところで無益である。自分は形而上学に対して無関心であると称する人達が、いくら学問的な用語を通俗的な調子に改めて、自分の正体をくらまそうとしてみたところで、とにかく何ごとかを考えるかぎり、彼等がいたく侮蔑していたところの形而上学的見解に、どうしても立ち戻らざるを得ないのである》（同前）。『純粋理性批判』以後の仕事は、形而上学の「批判」です。しかし、それは破壊することではなく、徹底的に吟味することによって再建することです。

私はここで、カント的批判のきっかけが地震にあったことをあらためて想起したいと思います。たとえば、スラヴォイ・ジジェクはこう言っています。デカルトのコギトは、中世の「存在の偉大な鎖」の裂け目の自覚としてあらわれたが、彼自身がそれをすぐに閉じてしまった、そのような裂け目を超越論的コギトとしてあらためて見出したのがカントである、と。デカルトとともに自覚された裂け目を（充足理由律によって）合理論的につないだのがライプニッツです。そして、ライプニッツ、ヴォルフといった合理論的な形而上学のなかでまどろんでいたカントを覚醒させたのがヒュームの懐疑である、と一般的にいわれています。カント自身がそう書いているからです。しかし、カントはヒュームの方向には行かなかった。むしろ、形而上学の再建に向かったのです。そこからふりかえれば、カントの形而上学を揺さぶったのは、ヒュームの懐疑ではなく、いわば、地震だというべきです。地震が、ライプニッツにおいてたんに連続的な段階にあった感性と悟性の間に決定的な「地割れ」を生み出した。カントはそれに対処しようとしたのです。

ジジェクの言い方を借りれば、カントはデカルトが見出してふさいだ割れ目を再び見出した。われわれはライプニッツを近代と呼ぶべきでしょうか。それなら、カントはポスト近代と言うべきでしょう。しかし、近代とはこの埋めようのない割れ目の上に立つことです。同時に、近代とは、いわば割れ目を閉じようとする必死の運動でもあると言うべきでしょう。カントが見出した割れ目は、たちまちロマン派によって想像的にふさがれてしまいました。キルケゴールやマルクスがそれぞれ割れ目を再発見しますが、それもやがてふさがれてしまいます。実存主義者は再びこの割れ目をもたらしましたが、それもまたふさがれ、さらにそれに対して構造主義者がこの割れ目をもたらし、またそれもふさがれた――、いわば、このような変形と連続性が、近代の思想史を形成していると言っていいように思われます。

八〇年代には、ポストモダニズムや、形而上学のディコンストラクション（脱構築）といった議論が盛んになされました。建築においても同じです。というより、ポストモダンという語は建築から出てきたものです。一九九一年に始まった、このANYという建築家の会議は、デコン建築を唱えるピーター・アイゼンマンが主導的であっただけでなく、ジャック・デリダも参加していました。以来、ロサンジェルスから、九州の湯布院、モントリオール、バルセロナを経て、今回ソウルで開催されるにいたったわけです。が、今年になって、私は微妙な変化を感じました。それはまだたんなる予感にすぎませんが。

阪神の地震に私が感じたのは、脱構築（deconstruction）よりも、破壊（destruction）が根底的であるということです。建築は何よりも、自然による破壊に対してあるものです。さらにいうと、私は形而上学の脱構築よりも、その批判的再構築、そして、体系的な建築に向かうべきだという予感を抱きました。私があらためてカントに関心を抱いた理由もここにあります。

他者としての物

一九九一年ロサンジェルスに始まった〈ANY〉の会議では毎年テーマが掲げられていました。それには毎回ANYという語がついています。以来世界各国で開催されてきたわけですが、今回、二〇〇〇年ニューヨークでこの会議を閉じるにあたって掲げられたテーマは〈Anything〉です。そして、それは以下の六つに分けられています。抽象としての物、対象としての物、物質としての物、感情としての物、観念としての物、オブセッションとしての物。

私は「観念としての物」という課題を与えられたのですが、それについては何を話したらよいのかわからない。私が考えたいのは、いわば他者としての物です。それは与えられたテーマと異なるかもしれません。しかし、今回は、Anything goes（何でもあり）ということなので、それについて話すことにします。

他者としての物とは何か。多くの点で、それはカントがいう「物自体」に関連しています。カント的な見方をすれば、われわれが対象と呼んでいるものは、物自体ではなく現象なのです。物はすでに主観的な形式とカテゴリーによって構成されているために、われわれはそれ自体として知ることはできない。すなわち、物自体を知ることはできない。とはいえ、物自体は得体の知れない何かなのではありません（その意味では、物自体はジャック・ラカンのいうリアルなものとは違っています）。むしろ物自体はありふれたものです。

物自体というと、『純粋理性批判』で論じられている印象が強いために、あたかも事物だけの問題のように見えますが、実は、『実践理性批判』でも物自体が論じられています。この場合、物自体は他者のことです。ここで、われわれは他者を知ることができるだろうか、と問うてみましょう。われわれは他人を身体、身振り、言語を通じて認識します。しかし、これらはいわば現象であって、物自体ではありえません。物自体とは、他者の主観性、あるいは他者の自由なのです。われわれにとって他者は不透明なままにとどまる。この不透明性が他者の他者性です。

カントが物自体と呼んだのは、まさしくこのような自由な主観としての他者なのです。『実践理性批判』では、彼はそれを理論的認識の対象としてではなく、実践的・道徳的な問題と見なしたわけです。このことは、二〇世紀になって、バートランド・ラッセルが提起した「いかにしてわれわれは他者の痛みを知ることができるか」という問いにも関わっています。

ラッセルは、われわれは他者の痛みを外在的な様子、身振り、言語を通じて知覚するのだと考えました。その結果、彼は一種の懐疑論へと陥った。つまり、われわれは他者を知ることはできないのだという考えに。それに対して、ヴィトゲンシュタインは、誰かが火傷を負うているとき、他者の痛みを認識できるかどうか問う以前に、人はその人の手当に駆けつけるのだ、と言いました。言い換えれば、他者の痛みとはまず何をおいても、そして何にもまして実践的な（道徳的な）問題だということです。したがって、われわれが現実に他者の痛みを知ることができるか否かという理論的な問いは無意味なのです。ヴィトゲンシュタインはそのようにカント的プロブレマティックを受け継いでいます。カントの言葉を用いていなくても、彼はカントと同じく他者を物自体として見ていたのです。

しかし、他者は第二批判『実践理性批判』において初めて出てくる問題ではありません。それは第一批判『純粋理性批判』、つまり、自然科学の認識に関しても出てきます。ここでいわれる物自体も、事物というよりも他者にかかわるのです。たとえば、カール・ポパーはカントをつぎのように批判しました。ポパーの考えでは、科学的命題の普遍性は、命題が反証可能なかたちで提起されていて、そしてそれに対する反証がないときに存します。ところが、カントは、命題の普遍性を、他者を想定せず、主観性によってのみ基礎づけようとした。そして、それができないので、物自体を把握できないと断定し、不可知論に陥った、というのです。

しかし、カントが科学的な判断に関してあらかじめ他者を締め出しているというのはまちがいです。カントの論じるところでは、普遍的な命題が獲得されるのはすべてのケースを網羅する検証が不可能である以上、限定された、あるいは特異なケースからの帰納によってしかない。ゆえに、普遍的命題は所詮仮説にすぎず、それに対して反証がないかぎりにおいて暫定的に真理と見なされるにすぎない。したがって、カントはそれを暫定的な真理、すなわち、現象であると見なしたのです。

むろん、これは反証可能なものです。では、その場合、誰が反証するのでしょうか。対象としての物は反証しない。誰か、他者が反証するのです。ただし、物についてのデータをもって反証する。これは次のことを示唆します。真に普遍的命題が成立するには、今生きている他者の同意だけでなく、予測不可能な未来の他者の同意が必要とされるということです。そうすると、カントが第一批判（『純粋理性批判』）で物自体について書いたとき、彼は、未来の他者を含意していたということができます。換言すれば、物自体とは他者であり、したがって、「第一批判」と「第二批判」との間には何の矛盾もないのです。

私の定義では、他者とは、ヴィトゲンシュタインの言い方でいえば、言語ゲームを共有しない者のことです。彼はその例として、しばしば外国人をあげていますが、精神異常者をあげてもよい。確かに、彼らとの間に合意が成立することは困難です。しかし、まったく不可能ではない。ここで、それがまったく不可能な他者を考えてみましょう。それは死者であり、いまだ生まれざる者です。生きている他者とであれば、いかに文化が異なり、あるいはいくら正気からかけ離れているとしても、なんらかの合意に至ることがありえないことではない。他方、死者や生まれざる者とは、そのようなことは不可能なのです。

このことを環境問題に関して考えてみましょう。もし資本制市場経済が現状のまま続くなら、われわれは疑いなくグローバルな規模での環境危機に直面するでしょう。そのような状況下で、先進国同士がこの状況をどのように取り扱うか合意に達することは容易ではない。さらに、先進国が、二酸化炭素削減などについて、第三世界の国々との合意を取りつけることはより困難となる。というのも、第三世界の人々から見れば、なぜ自らを犠牲にしてまで先進国の人々と協調しなければならないのか分からないでしょうから。先進国の人々の生活の質こそが危機をもたらした原因であり、さらにそのツケを自分たちが払わされているというのに。とはいえ、なおこのような「他者」と交渉することは不可能ではありません。しかし、いまだ生まれざる者とはわれわれは交渉できません。彼らが環境破壊の犠牲者となることは間違いないにもかかわらず。

カントの道徳法則に従えば、道徳律の究極のメッセージは次の至上命令にあります。「君の人格ならびにすべての他者の人格における人間性を、けっしてたんに手段として用いるのみならず、常に同時に目的として用いるように行為せよ」。もしわれわれが自分たちの生活水準を維持するために未来の他者を犠牲にするのであれば、たんに自分たちの目的への手段として彼らを扱っていることになります。カント的な考えでは、そのような態度はおよそ倫理的ではありえない。それに比して、ユルゲン・ハーバーマスが「コミュニケーション的理性」や「公共の合意」などと呼ぶものは、たんに生きている人間、しかも、実際には西洋や先進国のことしか考慮していないものです。そこには、それ以外の世界だけでなく、未来の他者が抜け落ちている。そもそも合意など得られないのが他者です。それが物自体なのです。

物自体はゆえに、理論的な対象としては不可知です。しかし、美学を通じてこの物自体に到達できると論じる哲学者たちもいます。たとえば、ベルクソンが考えたのは、われわれは言語的な分節を超越し、「持続」として物自体を直観できるということです。彼にとって、物とはイマージュである。つまり、イマージュにおいて物自体が把握される。またハイデガーは、芸術において物自体が開示される、と考えたといえます。たとえば、彼はこういっています。絵画において、靴を使用物としてではなく、そのような「関心」を括弧に入れてそれ自体として見ることが可能になる、と。つまり、彼はそういう言い方をしないけれども、現象ではなく物自体にアクセスできる、といっているのです。

このような考えは別に新しいものではありません。カントは第三批判(『判断力批判』)ですでにそれを説いているからです。彼は、芸術が、関心を括弧に入れて物を見ることに存すると考えました。この「関心」にはさまざまなものがあります。効用に対する関心、あるいは、知的関心、道徳的関心。しかし、そのような諸関心を括弧に入れたからといって、物自体が現われるでしょうか。そんなことはない。われわれが見出すのは、やはり現象なのです。そして、われわれがそこに美や崇高を見出すとしたら、それはカントの言葉で言えば、主観がそこに「目的なき合目的性」を見出すからです。それゆえ、芸術において、物自体が開示されるかのように言うのはまちがっています。ベルクソンやハイデガーはわれわれに美的態度をとることを要請しているだけです。そして、それが政治的次元で実行されたとき、ファシズム、すなわち現実の階級対立の美的昇華に転化することを忘れてはなりません。

ベルクソンとハイデガーが要求するのは、われわれが現実世界に対して美的な態度を取ることです。この要求を受け入れるかのように、この一〇年にわたって、人びとの関心が、ジャック・デリダからハイデガーへ、ジル・ドゥルーズからベルクソンへと退行する傾向が見られます。私はそれを年々の〈ANY〉コンファレンスを通じて目の当たりにしてきたのです。もしかするとその理由のひとつは、デリダとドゥルーズがソヴィエト連邦崩壊後はよりはっきりとマルクス主義的なポジションを取ったことにあるのかもしれません。そのような方向を拒んだ者がベルクソンあるいはハイデガーへと退行するのは当然です。

芸術においては、なるほど、確かにわれわれはもろもろの関心を括弧に入れて物を眺めます。しかし、括弧入れは芸術に限ったことではありません。われわれは世界に対峙するとき、同時に少なくとも三つの判断を有します――真か偽かの認識的な判断、善か悪かの道徳的な判断、快か不快かの美的な判断。現実には、これらの判断は互いに絡み合っており、区別することは困難です。だからわれわれは、たとえば美的な判断においては、真偽と善悪の両方の問いを括弧に入れます。同じように、科学者は道徳的な判断と美的な判断を括弧に入れて物を観察します。このような括弧入れによってのみ、認識の対象は存在しうるのです。しかしこれは自然科学にかぎりません。たとえば、マキャヴェリ以来の政治学は、政治的行為の効果をその道徳的な位相を括弧に入れることで、判断してきました。さらにこう言ってもよいでしょう。美術作品は価格という観点から考えられたときにだけ経済の対象になるのです。科学的、美的、政治的、経済的――これらのスタンスはいずれも括弧入れを通じて生じます。その結果、ひとつの物がさまざまな位相において現われます。にもかかわらず、それは物自体ではなく現象なのです。そうであるならば、物自体はどこで姿を見せるでしょうか？　物自体が現われるのは、他の一切の次元を括弧に入れる倫理的なスタンスにおいてのみです。なぜならそれは他者を自由な主観として見ることだからです。

しかし、だからといって必ずしも倫理的なスタンスが他のすべての判断基準に対して優位に立つということではありません。ここで重要なのは、括弧に入れることだけではなく、括弧を外すことでもあるのです。たとえば、科学的態度においては、他者はいわゆる物

（対象）です。事実、診療・手術をする外科医は患者の人格を括弧に入れますし、また、みずからの美的あるいは性的な関心を括弧に入れます。そのようにすることには職業上の訓練が必要です。しかし、言うまでもなく、手術の後で外科医は括弧を外さなければなりません。また今一つの例を挙げるなら、マフィアやヤクザが主人公である映画を見て、彼らの非道徳性を批難することは愚かしい。それはちょうどSF映画に対し、それが十分に科学的でないという根拠から異を唱えるのがばかげているのと同断です。われわれは映画館では、そんなことはせずに、他の関心を括弧に入れてよい。しかし、映画館を出てしまえば、そのような括弧を外さなければなりません。要するに、人は括弧に入れることと同時に、括弧を外すことを学ぶ必要があるのです。

建築についても同じことが言えます。建築は、映画と同じく、さまざまな位相において存在します。歴史的な見地からすれば、建築が第一にその目的とするのは、人間を自然の環境からシェルターで庇護する居住可能な場所を供給することです。第二に、建築は宗教的・政治的権力を誇示するモニュメントです。古来、建築はこの二つの極の間で存在してきました。しかし、近代とともに、芸術としての建築というヴィジョンが生まれました。このような見方は、他の関心を括弧に入れることによってだけ可能となったのです――つまり実践的なものと政治的なものを。そのことはまちがっていません。私は建築が独自の位相をもち、それ自身の言語をもつことを認めます。しかし、われわれはいつでもこのような括弧を外すことができるようにならなくてはなりません。

建築史は本質的に宗教的・政治的なモニュメントを中心に組み立てられてきました。しかし現在ではそのことが括弧に入れられて、たんに建築史として語られている。そのような文脈においては、建築は過去のテクストであったり、また脱構築的であったり、ヴァーチュアルなものであることもできます。しかし、このようなパースペクティヴでは次の二つの点が看過されています。ひとつは、建築が人間を自然の環境からシェルターで庇護する居住可能な場所を供給しなければならないこと。もうひとつは、現実にはほとんどの建築は実用的・経済的・政治的な諸関心によって支配されていることです。端的に言えば、建築は資本主義的な土建産業の一環なのです。建築家は、どんなにアーティスティックたりえたとしても、この基本的な条件と無縁ではありえません。

これらの二点に関して私が思い出すのは、これまでの〈ANY〉の会議で起こった二つの出来事です。ひとつは神戸の大地震の後にソウルで開催された〈Anywise〉で起きたことです。磯崎新と私のほかには、この地震に言及した参加者はいませんでした。私には、この地震が引き起こした破壊のほうが、脱構築の観念などよりも、建築にとってはるかに根底的な問題を提起したように思われました――すなわち、構築としての建築は、まず何よりも自然環境からの保護として存在するのだということ。ならば、この地震は物自体を開示したということになるでしょうか？　その通りです。しかし、それは地震が、ラカン的なリアルなもの、あるいは浅田彰が言う〈もののけ〉を開示したということを意味するのではありません。この場合、物自体が意味するのは、死んだ六千人の人たちです。彼らは何も語らない。もちろん、そのときの会議に出席した建築家の大半は神戸の都市開発に直接の関わりをもっていなかったし、災害に対しての責任はありません。しかし、この問題を真摯に受け止めそこなった建築家は、今後決して重要な問題への関わりをもちえないでしょう。

二つ目の出来事として思い出されるのは、モントリオールの〈Anyplace〉でなされた「建築と政治」についてのディスカッションです。私には、そこで「政治」という言葉で呼ばれているものがあまりに抽象的すぎて、建築界の内輪の言語ゲームに堕してしまっているという印象がありました。この会議が開かれたのは、Anyoneコーポレーションのメインスポンサーである清水建設の役員のひとりが逮捕された直後でした。しかしこの件に触れたのは私ひとりでした。日本では建築産業は保守政治の基盤そのものであって、それはヤクザとも緊密で後ろ暗いつながりを保ち続けています。たとえあくまで間接的にこの癒着構造の網の目に結ばれているだけだとしても、日本の建築家は、磯崎新も含めて、清廉潔白な傍観者を標榜しえないのです。もちろん日本だけが例外なのではありません。デヴィッド・ハーヴェイが近著『希望の空間』で思い出させてくれたように、いわゆるグローバリゼーションのまっただなかで、先進国の建築産業が第三世界でどのような振る舞いい、その存在が生産と権力構造の連関をいかに支え影響を及ぼしているか。われわれはそこに目を向ける必要がある。〈ANY〉の会議は、世界中を巡りながら、これらの問題に対してあまりに無関心でありました。

〈ANY〉は、長らく建築家と哲学者の交流の場だと考えられてきました。しかし私は自分を哲学者だと思ったこともなければ、建築を理論的に討議することに関心をもったこともありません。二回を除いて、私は過去一〇年の〈ANY〉の会議すべてに出席してきました。哲学者でもなく建築にも関心をもたない私は、これらの会議において何者であったのか？　実は、私は他者としての物自体だったのです。それはつまり、私は他の参加者の大半と同じ言語を共有しておらず、そうしようともしなかった、ということです。私はそれを拒みました。そしてその結果、私は拒まれたのです。〈ANY〉では私は現象ではなく、物自体だったのです。事実、多くの人が私の存在に気づきさえしなかったでしょう。ことによると、会議のオーガナイザーたちが期待していたのは、私がまさにそのような機能を果たすことだったのかもしれません。しかし、私にしてみれば、それは心地よい立場ではありません。だから、ようやくこの役割が終りを迎えることに、安堵を覚えます。

〈ANY〉の第一回目である〈Anyone〉が開催されたのは一九九一年です。それはソヴィエト連邦が崩壊した後でしたが、そのとき同時に、ポストモダニズムがそれまでもっていたラディカルな意味もまた崩壊したのです。以後、資本制経済の脱構築的な力をアイロニカルに称揚するポストモダニズムのスタンスは、有効性を失いました。そのことはこの一〇年でますますはっきりしました。その間に、あるいはより正確には、この数年間で私自身のポジションは根本的に変わりました。われわれは積極的なスタンスを取るべきだという見方、資本と国家の運動に積極的に対抗すべきだという見方をとるようになったのです。

〈ANY〉のおかげで、私は『隠喩としての建築』の英語版を刊行することができました。しかし、この本は一九七〇年代から八〇年代にかけての仕事であり、現在の私の思考を反映していません。より最近の考えは、新しい本『トランスクリティーク——カントとマルクス』の英訳刊行によって表明されることになるでしょう。タイトルからも明らかなように、これは建築についての本ではありません。しかし、広い意味では建築がとるべき未来の針路を示すものと考えています。またこの本は過去一〇年間におよぶ〈ANY〉参加者との交流の産物でもあります。そのことに感謝します。

近代文学の終り

I

今日は「近代文学の終り」について話します。それは近代文学の後に、たとえばポストモダン文学があるというようなことではないし、また、文学が一切なくなってしまうということでもありません。私が話したいのは、近代において文学が特殊な意味を与えられていて、だからこそ特殊な重要性、特殊な価値があったということ、そして、それがもう無くなってしまったということなのです。これは、私が声高く言ってまわるような事柄ではありません。端的な事実です。文学が重要だと思っている人はすでに少ない。だから、わざわざ私がいってまわる必要などありません。むしろ文学がかつて大変大きな意味をもった時代があったという事実をいってまわる必要があるほどです。

私自身は文学に深くコミットしてきました。しかし、あなたがたにそうするようにいう気はないし、そんな必要はまったくありません。ただ、文学が永遠だと思われた時代があったのはなぜか、そして、それがなくなったことは何を意味するのか、ということは、よく考えてみる必要があります。それは、われわれがどういう時代にいるかということを考えることだからです。

近代文学というとき、私は小説のことを考えています。もちろん近代文学は近代小説に限定されるものではないけれども、小説が重要な地位を占めるということにこそ、近代文学の特質があるのです。近代以前にも「文学」はありました。それは支配階級や知識層の間で重視されていました。しかし、その中に小説は入っていなかった。ヨーロッパではアリストテレス以来「詩学」(ポエティックス)がありますが、その中に演劇はふくまれても、小説はふくまれていない。英語でノーベルとは新奇という程度の意味です。日本でも同様でした。「文学」は、漢文学や古典のことを指すので、物語・稗史の類はふくまれない。小説はノーベルの翻訳語です。元来、小説は『論語』の「小人を説《よろこ》すのは易《やさし》い」という言葉から来ているもので、ノーベルの訳語としては合っていますが、そもそも立派なものではなかった。明治二〇年代にはじめて、小説が重視されるようになりました。だから、近代文学が重視されたということは、小説が重視されたということ、また、そのような小説が書かれたということを意味します。

したがって、近代文学が終ったということは、小説あるいは小説家が重要だった時代が終ったということです。その意味で、私は話を一人の小説家のことからはじめたいと思います。それはサルトルです。というと、異論があるかもしれません。サルトルは哲学者であり、劇作家、小説家、芸術一般に関する批評家、ジャーナリスト、社会活動家でした。しかし、私の考えでは、彼は根本的に小説家なのです。

この前たまたま、ドゥルーズのエッセイやインタビュー・対談を集めた本（英訳）を読んでいたら、彼はサルトルが自分にとって唯一の教師だったといっている。つまり、ドゥルーズは、「私的な教師」と「公的な教授」を分けて、ドゥルーズにとって「私的教師」はサルトルだけだったというのです。これはまさにサルトルが「小説家」であったということを意味するのです。彼は大学で講義する哲学者ではなかった。彼の哲学は、根本的に文学、というより、小説に近いものであったのです。

ドゥルーズは、サルトルの次のような言葉を引用しています。《文学とは、一言でいえば、永久革命の中にある社会の主体性（主観性）である》。これは、革命政治が保守化しているときに、文学こそが永久革命を担っているという意味です。しかし、サルトルが「哲学」ではなく「文学」をもってきていることに注意すべきです。彼は小説だけでなくあらゆることをやった。だが、それを可能にしていたのは、小説あるいは小説家の視点です。

フランスでは、サルトルの存在があまりにも大きかったので、その後の人たちは困った。

だから、自らが独立して存在するために、あえてサルトルを批判したり、嘲笑したりする人が多かった。しかし、ドゥルーズが率直に認めているように、本当は皆憧れていたのです。また、サルトルは、彼に対する批判としてなされたものをすべて先取りしていました。たとえば、デリダは「現前性の哲学」を批判しましたが、サルトルが「想像力」について書いていたのは、まさにそのことなのです。また、アンチ・ロマンにしても、もともとサルトルによって評価を与えられてきたのだし、『嘔吐』がそもそも最初のアンチ・ロマンだった。

たとえば、一九六〇年代からエクリチュールという概念が普及しました。それは、ロマンでもない、哲学でもないような著作を意味したのです。しかし、ありていにいえば、彼らはサルトルのように小説を書けないから、むしろそれを否定し、そのかわりに、サルトルが「文学」として述べたことを、エクリチュールという概念に置き換えたのだと思います。エクリチュールという概念は、もう近代文学としての小説（アンチ・ロマンを含む）が終ったということを意味していたわけで、だから、何かそこに新たな文学の可能性を期待するなら、錯覚というものです。

私は自分が日本で文学批評をやってきた経験からいうのですが、近代文学は一九八〇年代に終ったという実感があります。いわゆるバブル、消費社会、ポストモダンといわれた時期です。そのころの若い人たちの多くは、小説よりも〝現代思想〟を読んだ。いいかえれば、それまでのように、文学が先端的な意味をもたなくなっていました。その意味で、サルトルのいう「文学」は、批評的なエクリチュールに移っていたといっていいと思います。しかし、これも長くは続かなかった。今、私が「近代文学の終り」というときには、それを批判するかたちであらわれたエクリチュールやディコンストラクティヴな批評や哲学もふくまれています。そのことがはっきりしたのが一九九〇年代ですね。日本ではちょうど中上健次が死んで以後です。

2

文学の地位、文学の影響力が低くなったとは、どういうことでしょうか。それについてはあとで述べます。とりあえず、この現象が日本だけではないということをいっておきたい。今フランスのことをいいましたが、アメリカ合州国ではもっと早く近代文学は衰退していました。それはここで、テレビを中心にした大衆文化がもっとも早く発展していたからです。それは一九五〇年代です。もちろん、アメリカには多くのマイノリティがいますから、その時期から、マイノリティの文学になっていきました。一九七〇年代以後では、黒人女性作家、そして、アジア系の女性作家などが出てきます。彼らは文学的活力をもっていましたが、それはもう社会全体に影響をもつようなものではなかった。日本で、一九八〇年代に中上健次や李良枝、津島佑子などが活躍したのと同じ状況です。アメリカでは、それがもっと早かった。その証拠に、日本では近年大学に「創作科」が増え、作家がそこで教授になっていますが、この現象はアメリカでは五〇年代から進行していました。フォークナーは作家になりたいなら売春宿を経営してみろといったことがありますが、もうそれどころではない、現実には、作家が大学の創作コースから出てくるようになっていたのです。しかし、現在のアメリカでは、文学部はまったく人気がありません。映画をいっしょにやらないとやっていけないぐらいです。日本でも、文学部は無くなりつつありますが。

しかし、私が近代文学の終りを本当に実感したのは、韓国で文学が急激にその影響力を失ったということですね。それはショックでした。一九九〇年代に、私は日韓作家会議に参加したり、韓国の文学者とつきあう機会が多かった。それで、日本ではこうなっても、韓国ではそうならないだろうという気がしていたのです。たとえば、二〇〇〇年にも、私はソウルに行き、記者会見で、日本では文学は死んだ、といったことがあります。それは、商品としては村上春樹のようにグローバルに通用する作品を生み出しているが、文学がかつて日本の社会でもっていた役割や意味は終っている、ということです。あとで聞くと、それが話題になったそうですが、他人事ではないという感じで受け取られたようです。というのも、すでに韓国でも、若い人たちが村上春樹を読むようになっていたからです。その時点で、韓国の文学はどうなると思うか、といわれて、私は、韓国では文学の役割が強くありつづけるだろう、といいました。政治運動が残るように、文学も残る。

しかし、実際はそうではなかった。確かに学生運動は衰えましたが、労働運動はきわめて盛んです。二〇〇三年秋の労働者の集会では火炎瓶がとびかっている。韓国で、学生運動が盛んであったのは、それが、労働運動が不可能な時代、一般的に、政治運動が不可能な時代の、代理的表現だったからです。だから、普通に政治運動・労働運動ができるようになれば、学生運動が衰退するに決まっている。文学もそれに似ています。実際、韓国において、文学は学生運動と同じ位置にあった。現実には不可能であるがゆえに、文学がすべてを引き受けていた。

ところが、一九九〇年代の終りごろから、文学の衰退は急激に進んでいたようです。キム・ジョンチュルという高名な文学批評家は文学をやめて、エコロジーの運動をはじめ、「緑色評論」という雑誌を出しています。実は、私は二〇〇二年の秋、その人に招待されて講演に行ったことがあります。彼は、私が文学を離れてNAMのことをやったりしていることをよく知っていたのです。しかし、誤解を避けるためにいいますが、彼は、最近も谷崎潤一郎の『細雪』を読んだ、それが四度目だ、というようなタイプの人なのです。私は、なぜ文学をやめたのかと聞きました。彼は、自分が文学をやったのは、文学は政治から個人の問題までありとあらゆるものを引き受ける、そして、現実に解決できないような矛盾さえも引き受けると思ったからだが、いつの間にか文学は狭い範囲に限定されてしまった、そういうものなら自分にとって必要ではない、だから、やめたのだ、というのです。私は同感の意を表しました。

その後に知ったのは、私が九〇年代に知り合った韓国の文芸評論家が皆、文学から手を引いたということです。韓国の批評家はたんに評論を書くだけではなく、雑誌を編集し、出版社を経営する人たちが多かった。彼らが一斉にやめてしまったのです。それは年をとって若い世代の感受性についていけなくなったからだ、とは思いません。彼らが考えていた「文学」が終ってしまったということです。私は、韓国で、こんなに早く事態が進むとは思わなかった。それで、いよいよ、文学の終りは事実なのだ、と思うようになったのです。

3

ここで、近代文学＝小説がなぜ特殊な意味を担っているのかということを考えてみたいと思います。近代以前にも文学はあり、文学に関する理論もありました。それが詩学（ポエティックス）です。しかし、先ほどいったように、そこに小説がふくまれていない。小説はすでにありましたし、大衆的には好まれていましたが、まともに扱われていないのです。

それに対して、一八世紀に「美学」という概念が登場したことは重要です。aesthetics というのは、本来、感性論という意味であって、たとえば、カントは『純粋理性批判』の中で、もっぱらその意味でこの言葉を使っています。要するに、それは感性あるいは感情についての学問なのです。しかし、そこに、感性に対する新たな態度があります。感性・感情はこれまで哲学において人間的能力として下位におかれてきた。むしろそこから離れて、理性的であることが望ましかった。ところが、感性・感情が知的・道徳的な能力（悟性や理性）と密かにつながっていること、そして、それらを媒介するものが想像力だという考えが出てきたのです。想像力はそれまで、幻想をもたらすということで否定的に見られてきたものですが、この時期から、むしろ創造的な能力として評価されるようになった。そのことと、文学が重視されるようになったことは、密接につながっています。

「美学」はイギリスで始まったものですが、まもなく、ドイツでロマン派によって称揚されます。興味深いのは、同じ時期に日本でもそれに似たことがあったということです。一八世紀後半、本居宣長は朱子学的な知と道徳に対して、「もののあはれ」という共感あるいは想像力の優位を強調した。そして、非道徳的にみえる『源氏物語』にこそ、むしろ本当の道徳性があるのだといいました。これはヨーロッパと無関係に出てきた考えです。しかし、実は共通性があるのです。感性や感情を肯定する態度は、商工業に従事する市民階級の優位から出てきたものだからです。

別の観点からいうと、これは、これまでたんなる感性的な娯楽のための読み物であった「小説」が、哲学や宗教とは異なるが、より認識的であり真に道徳的であるような可能性が見出されるということでもあります。小説は、「共感」の共同体、つまり想像の共同体としてのネーションの基盤になります。小説が、知識人と大衆、あるいは、さまざまな社会的階層を「共感」によって同一的たらしめ、ネーションを形成するのです。

この結果、それまで低かった小説の地位は上昇します。しかし、それに対する負荷も大きい。なぜなら、それがたんに「感性」的な快でしかないなら、美学的ではなくなるからです。文学が知的・道徳的なものを超えるということは、逆に、それがたえず、知的・道徳的でなければならない負荷を背負うということでもあるのです。かつては、宗教・道徳に対して、「詩の擁護」ということがなされました。しかし、文学に対する知的・道徳的なものは、現代でいえば、政治的あるいはマルクス主義的なものということになるでしょうね。「宗教と政治」とか「政治と文学」という議論は、文学がたんなる娯楽から昇格したために生じたものなのです。

かつて「宗教と文学」という問題意識の中で、「文学」を擁護する議論は、一見するとそれは反宗教的に見えるが、(制度化した) 宗教よりも宗教的であり、道徳的なものを指し示すのだというものでした。また、文学は虚構であるが、真実といわれているものよりももっと真実を示すのだ、というものでした。同様に、「政治と文学」という議論においても、文学の擁護は大概、文学は無力で、無為であり、反政治的にも見えるが、（制度化した）革命政治より革命的なものを指し示すのだ、また、それは虚構であるが、通常の認識を越えた認識を示すのだ、というふうになされます。それが、サルトルが「文学は永久革命の中にある社会の主観性だ」といったときに意味したものです。サルトルの言葉は、カント以後に、文学（芸術）がおかれた立場を示しているのです。

しかし、今日では、そういう文学の意味づけ（擁護）はなされない。というのも、誰も文学を非難したりしないからです。社会的にはそこそこ持ち上げるが、本当は児戯に類すると思っている。現在は、まったくそのような議論がされませんが、三〇年ぐらい前までは、「政治と文学」という議論、たとえば、文学は政治から自立すべきだ、というような議論がいつもなされていました。具体的にいえば、それは政治＝共産党に対して文学者はどうするのか、という意味を含んでいた。だから、共産党の権威がなくなれば、政治と文学という問題は終ってしまう。作家は何を書いてもいいではないか。政治なんて古くさい野暮なことをいうなよ、というような感じになる。

しかし、事はそう簡単ではない。文学の地位が高くなることと、文学が道徳的課題を背負うこととは同じことだからです。その課題から解放されて自由になったら、文学はただの娯楽になるのです。それでもよければ、それでいいでしょう。どうぞ、そうしてください。それに、そもそも私は、倫理的であること、政治的であることを、無理に文学に求めるべきでないと考えています。はっきりいって、文学より大事なことがあると私は思っています。それと同時に、近代文学を作った小説という形式は、歴史的なものであって、すでにその役割を果たし尽くしたと思っているのです。

4

近代にいたるまでは、世界は多数の帝国によっておおわれていました。そこでの言語は文字言語でした。東アジアなら漢字、西ヨーロッパならラテン語、イスラム圏からアラビア語です。それらは世界語であって、各地の普通の人たちには読み書きできないものでした。近代国家（ネーション＝ステート）は、そのような帝国から分節化するかたちで出てきたのですが、その場合に重要だったのは、こうした世界語から離れて、各民族の俗語（ヴァナキュラー）から国語を作っていくことです。

その場合、実際には、俗語を書くというよりも、むしろラテン語などの世界語を俗語に翻訳するかたちで各国語を作っていったのです。ルッターが『聖書』を俗語に訳したのですが、それが近代ドイツ語の基になった。ダンテの詩文についても同じことがいえます。彼は『新生』をイタリアの一地方の俗語で書き、それが今や標準的なイタリア語となっています。ラテン語の名手として知られたダンテは、ラテン語で書かなかったために惜しまれたのですが、しかし、彼の書いた文がのちに規範的になっていったのは、それが実はラテン語の翻訳として書かれたからだと思います。

ダンテの意見では、恋愛のような感情はラテン語では書けない、というのです。日本で、漢文に通じていた紫式部が『源氏物語』でいっさい漢語を使わなかったということも、それと同じことです。漢文のような知的な言語では、感情の機微をとらえられないからです。しかし、紫式部の大和言葉は、けっして京都辺りの俗語ではなく、漢語の翻訳として書かれており、だから、その後に古典的な規範となりえたのです。

このように、近代国家では、どこでも、それぞれ、漢文やラテン語などの普遍的な知的言語を俗語に翻訳しながら、新しい書き言葉を作り上げた。日本の場合は、明治時代に、あらためて俗語（口語）にもとづく書き言葉を作らなければならなかった。「言文一致」と呼ばれるものですが、それはやはり小説家によって実現されたのです。さきほど「美学」に関して、想像力が感性と理性を媒介するものとして重要になったと述べましたが、言語のレベルでも同じことがいえます。言文一致とは、感性的・感情的・具体的なものと、知的で抽象的な概念とをつなぐことなのです。

このような過程は、近代のネーション＝ステートが形成されるとき、どこでも起こったのです。たとえば、中国でも旧来の「漢文」ではなく、「言文一致」で書くようになった。

日清戦争後、日本に留学した大量の若い中国人たちが、日本の言文一致から学んで、中国でもそれをはじめたといわれています。その場合にも小説が重要でした。

しかし、今日ではもうネーション＝ステートが確立しています。つまり、世界各地で、ネーションとしての同一性はすっかり根を下ろしています。そのためにはかつて文学が不可欠であったのですが、もうそのような同一性を想像的に作り出す必要はない。人々はむしろ現実的な経済的な利害から、ネーションを考えるようになっています。

現在、世界中のネーション＝ステートは、資本主義的なグローバリゼーションによって「文化的に」浸食されていますが、それに対する反撥があっても、以前のような露骨なナショナリズムは出てこない。経済的に不利なことがあれば、猛烈に反撥するでしょうが。現在、グローバリゼーションに対して強い反撥の基盤となっているのは、ナショナリズムでも文学でもなくて、イスラム教やキリスト教の原理主義のようなものです。それはむしろ文学に敵対するものです。

5

くりかえすと、近代文学の終りとは、近代小説の終りのことだといっていいわけです。というのも、小説が他のジャンルを制覇したということが近代文学の特徴だからです。先に私は、近代小説がそれまでもたなかった知的・道徳的課題を背負い込んだことを指摘しました。では、なぜ小説なのか。なぜ他の文学的形式ではないのでしょうか。この問題については、もっと別の観点から見なければならないでしょう。そもそも小説という表現形式は、印刷技術のようなテクノロジーと関係しています。

江戸の小説では挿絵がついていた。たとえば、曲亭馬琴の『八犬伝』には、葛飾北斎の挿絵がついていた。文字だけでは読める人がいなかったのです。さらに、これは声に出して読まれた。明治の半ばまでは、小説は、新聞小説もそうですが、一人が声を出して読んで、他の人たちは聞いていた。だから、言文一致の文章よりも、かえって韻律的な擬古文体のほうがよかったわけです。その意味で、近代小説は絵や音声を無くしたときにはじめて成立した、といってもいいでしょう。近代小説は黙読されるものです。近代小説を読むと内面的になるのは当然です。逆に、内面的な小説を声に出して読むことは難しい。

ところが、このことに関係するのですが、明治の半ばに妙なことが起こっています。たとえば、二葉亭四迷は、『浮雲』を言文一致で書きました。しかし、彼はそれを途中で放棄したし、この作品はあとでいわれるほどには、影響を与えなかった。しかるに、彼が翻訳したツルゲーネフの「あひびき」などが、日本の近代文学に大きな影響を与えたのです。では、『浮雲』はなぜそうならなかったか。

私はそれを、二葉亭が江戸の滑稽本などの影響を受けてそこから出られなかったからだと考えていました。『日本近代文学の起源』にもそう書いた。しかし、それが事実だとしても、彼が学んだ西洋文学はどうだったのかといえば、それとてかなり滑稽本に似たものだったのです。ゴーゴリ、ドストエフスキーという系譜です。彼らはツルゲーネフのような近代リアリズムの作家ではない。たとえば、ドストエフスキーの小説などは、本人が口述筆記でやっているぐらいだし、読むよりもむしろ聴くべきものです。

二葉亭はロシア人の先生の朗読を聴いて、ドストエフスキーの小説に感動した。あとで文章を読むと、あまり面白くなかったといっています。そのような観点からみて明らかなのは、『浮雲』はむしろゴーゴリ、ドストエフスキーの系譜につながるものであり、近代文学のリアリズムとはちがっていたということです。それはいわば「ルネサンス的」な小説でした。漱石についても同じようなことがいえると思います。漱石が好んだローレンス・スターンも「ルネサンス的」な小説家です。それをリアリズム以前と見るか、それを超えるものとして見るかで、意味が違ってきます。しかし、当時は、イギリスでも日本でも「近代以前」と見なされた。

たとえば、漱石は『吾輩は猫である』を、最初、朗読で発表したのです。その意味では、『坊っちゃん』や『草枕』だって、朗読を聴いたほうが面白いはずです。二葉亭の『浮雲』も読むよりむしろ聴いて面白い作品です。だからこそ、近代文学の主流からはずれた。近代文学は、やはり黙読によって成り立ち、リアリズム的且つロマン主義的なものです。

ドゥルーズがいったことですが、カフカが『審判』を朗読したとき、みんなが笑い転げたという逸話は、その意味で、重要なのです。

6

近代小説はいわば音声や挿絵なしに独立したわけですが、それは書き手にも読者にも大きな想像力を要求するものでした。しかし、視聴覚的なメディアが出てくると、そのような必要はなくなります。たとえば、映画が出現するまで、小説家は、いわば映画のように小説を書こうとして、さまざまな工夫をこらしたのです。しかし、いったん映画という技術が出現すると、そのような工夫は意味をなくします。

ある意味で、それは、写真が出てきたときに絵画に起こったことと似ています。一九世紀半ばにフランスで写真が出現したときに、それまで肖像画で食っていた画家がやっていけなくなった。それまでの絵画は、実は写真と同じ原理（カメラ・オブスキュラ）によっていたのです。幾何学的遠近法はそれにもとづいていた。しかし、写真ができたら、もうその意味がない。そこで、印象派の画家は写真ではできないことをやろうとした。そこから現代絵画が始まるといってもいい。そのとき、彼らは日本の浮世絵に出会ったのです。ところが、皮肉なことに、それからまもなく、明治の日本人は、印象派以前の西洋の絵画を規範として受け入れたのです。

小説についても同様のことがいえます。近代小説の特質は何といっても、リアリズムにあるのです。つまり、物語（虚構）であるのに、それがリアルであるかのように見えさせるにはどうすればよいか、それが近代小説の取り組んだ問題です。パノフスキーは、絵画のリアリズムをもたらすものを、対象とそれをとらえる形式の二つの観点から見ています。対象面でいえば、それは宗教的歴史的な主題から、平凡な人間や風景を主題にするようになります。形式（象徴形式）でいえば、それは幾何学的遠近法の採用です。これは、固定した一点から透視する図法によって、二次元の空間に奥行のある形を与える工夫です。実は、小説のリアリズムについても、同じことがいえるのです。

対象面についてはいうまでもないでしょう。簡単にいえば、ありふれた風景と人間が主題となる。しかし、これが大きな転倒をはらんでいるということは、私がかつて国木田独歩の「忘れえぬ人々」を例にとって示したことです。「忘れえぬ」ものとは、どうでもいい風景なのです。他方で、形式面でいえば、リアリズムをもたらすのは、「三人称客観描写」という形態です。これは、語り手がいるのに、まるでそれがいないかのように見せる技術です。語り手がいると、固定した一点がなく、現前性というか「奥行」のようなものがなくなるのです。しかし、先ほど二葉亭四迷についてのべたように、西洋文学が三人称客観のリアリズムを疑い始めたときに、日本では、それを獲得しようと苦心していたのです。その辺でも、絵画の問題との並行性があります。

日本の作家が「私小説」にこだわったのは、三人称客観描写という「象徴形式」になじめなかったからでしょう。かなり多くの私小説で、三人称が使われていますが、それは主人公の視点と同じものです。主人公に見えないものは、見えないようになっている。それに対して、「三人称客観」というのは、幾何学的遠近法と同様に、虚構としてあるわけです。だから、私小説家には、三人称客観小説は通俗小説に見える。三人称＝幾何学的遠近法は虚偽ではないかといえば、その通りなのです。

当時も今も、私小説は近代小説から逸脱して遅れた歪んだものだという批判があります。しかし、私小説にはそれなりの根拠があるのです。私小説は「リアリズム」を徹底しようとしたのだと思います。そうすると、三人称客観という虚構が許せない。芥川は逆に、私小説に、後期印象派に対応する先駆性を認めて評価しました。また、芥川は「藪の中」（それを映画化した黒澤の「羅生門」が国際的に有名ですが）で、「三人称客観」が虚構でしかないことを、三つのパースペクティヴを使って、巧妙に示しました。もっとあとに、フランスで、サルトルが最初に三人称客観の視点を疑い、それからアンチ・ロマンになった。以来、「三人称客観」は放棄されたと思います。しかし、「三人称客観」が与えるリアリズムの価値をとってしまうと、近代小説がもった画期的な意義もなくなってしまうのです。

写真が出現したとき、絵画は写真ができないこと、絵画にしかできないことをやろうとした。それと同様のことを、近代小説は映画が出てきたときにやったと思います。その点で、二〇世紀のモダニズム小説は、映画に対してなされた小説の小説性の実現という意味があると思います。小説にしかできないことをやる。ジェームス・ジョイスなどがその代表ですね。フランスのアンチ・ロマンもそうです。映画を非常に意識していた。のみならず、彼らは映画に深く関係しています。デュラスなどは一〇作ぐらい映画を監督していますし、アラン・レネの「ヒロシマ・モナムール(邦題「二十四時間の情事」)」のシナリオを書いている。

余談ですが、デュラスはバカロレア(大学入学資格共通試験)をベトナム語で受けたというような人で、フランス語は彼女にとって外国語だった。ほかのアンチ・ロマンの人たちからはたんに知的な洗練しか感じられないのに、彼女は何か中上健次みたいな感じのする「小説家」でしたね。中上が死んで四年後に亡くなりました。

しかし、小説の相手は映画だけではない。映画そのものを追い詰めるものが出てきた。それがテレビであり、ビデオであり、さらに、コンピュータによる映像や音声のデジタル化です。こういう時代に、活版印刷の画期性によって与えられた活字文化あるいは小説の優位がなくなるのは、当然、といえば当然です。たとえば、日本の場合、マンガが広がったことは、徳川時代の小説への回帰であるといえます。江戸の小説は、絵入りで、ほとんど会話だけで成り立っている。

先ほど述べたように、近代小説が近代のネーション形成の基盤であったことは否定できない事実です。ところが、二〇世紀後半になると、文学がナショナリズムの基盤になったという例は、むしろすくないのです。そして、今後に、ますますそのようなことは起こらないと思います。現在では、発展途上国で小説が書かれたり、それを読む読者が増えるなどということを期待することはできない。かりに読者がいても、彼らは『ハリー・ポッター』を読むでしょう。

たとえば、アイスランド人についてこういう話を聞きました。彼らは島国のためか、純粋のアイスランド人であることを誇りに思っていた。事実、言語なども「アイスランド・サガ」以来変わっていない、踊りも歌も若者の娯楽にも民族的なものが非常に強かった。だから、アメリカ人の或るジャーナリストは、この状態は永続するだろうと思っていた。ところが、スウェーデンの会社がアイスランドにケーブルテレビを入れたら、一夜にして、全員がアメリカ化してしまったみたいだった、というのです。

このような事態は、それによってナショナリズムが消滅するということではありません。たんに、文学がナショナリズムの基盤となることはもう難しいだろう、ということです。政治的な目的があるなら、小説を書くより、映画を作ったほうが早いでしょう。あるいは、マンガのほうがいい。要するに、活字文化ではなく、視聴覚でやったほうがいい。そのほうが大衆にとって近づきやすいからです。だから、どこでも、近代文学あるいは小説という過程が不可欠・不可避であるとはいえません。もちろんそれを「飛び越え」てしまうことには、大いに問題があるのですが。飛び越えたツケは、いずれどこかで支払うことになるだろうと思います。

7

インド人の作家で、アルンダティ・ロイという人がいます。彼女は、一九九七年イギリスのブッカー賞を受賞したのですが、それがベストセラーとなって、とても有名になった。しかし、彼女は、第一作目の小説で受賞した後、小説を書かず、インドでダム建設反対運動、反戦運動などに奔走しています。発表する著作もその種のエッセイばかりとなった。欧米で人気が出たインド人作家は、アメリカかイギリスに移住して華々しい文壇生活を送るのが普通です。なぜ小説を書かないのかと聞かれると、ロイは、自分は小説家だから小説を書くということはしない、書くべきことがあるときにしか書かないとか、このような危機的時代にのんきに小説など書くことはできないというふうに答えています。

ロイの言動は、文学が果たしていた社会的役割が終ったということを示唆するものではないだろうか。文学によって社会を動かすことができるように見えた時代が終ったとすれば、もはや本当の意味で小説を書くことも小説家であることもできない、だとすれば小説家とは単なる職業的肩書きにすぎないことになります。ロイは、文学を捨てて社会運動を選んだのではなく、むしろ「文学」を正統的に受け継いだということができるのです。ついでにいうと、近年、ブッカー賞というのは、ラシュディーやイシグロを含めて、ほとんどマイノリティあるいは外国人がもらっています。それは先にアメリカと日本に関して述べたのと同じ現象です。これはもう先が見えています。日本にくらべて、はるかに多民族的、多文化的だから、もうすこし続くとは思いますが、「文学」が倫理的・知的な課題を背負うがゆえに影響力をもつというような時代は基本的に終っています。その残影があるだけです。

いや、今も文学はあります、という人がいます。しかし、そういうことをいうのが、孤立を覚悟してやっている少数の作家ならいいんですよ。実際、私はそのような人たちを励ますためにいろいろ書いてきたし、今後もそうするかもしれません。しかし、今、文学は健在であるというような人たちは、そういう人たちではない。その逆に、その存在が文学の死の歴然たる証明でしかないような連中がいうのです。日本では、まだ文芸雑誌があり、毎月新聞に大きな広告を載せている。実際には、まったく売れていません。惨めなほどの部数です。そして、小説が売れるときは、「文学」とは無縁の話題によってなのですが、何だかんだで、文学はまだ繁栄しているなどという虚偽の現実を作り上げているのです。

私は、作家に「文学」をとりもどせといったりしません。また、作家が娯楽作品を書く

1870～1930	1930～1990	1990～
帝国主義	後期資本主義	新自由主義
（帝国主義的）	アメリカ （自由主義的）	（帝国主義的）
金融資本	国家独占資本	多国籍資本
重工業	耐久消費財	情報
社会主義／ファシズム	福祉国家	地域主義
	消費社会	
	他人指向	
映画	テレビ	マルチメディア

ことを非難しません。近代小説が終ったら、日本の歴史的文脈でいえば、「読本」や「人情本」になるのが当然です。それでよいではないか。せいぜいうまく書いて、世界的商品を作りなさい。マンガがそうであるように。実際、それができるような作家はミステリー系などにけっこういますよ。一方、純文学と称して、日本でしか読むにたえないような通俗的作品を書いている作家が、偉そうなことをいうべきではない。

8

以上、近代文学の終りについて簡単に話しました。しかし、この問題は、文学とか小説だけを考えていると、よくわからないし、意味もありません。そもそも「近代」という概念にしても、はなはだ不明瞭な概念です。それなのに、近代批判とか、ポストモダンとかいっても、なおさら不明瞭になるだけです。私の考え

世界資本主義の諸段階

	1750～1810	1810～1870
世界資本主義	重商主義	自由主義
ヘゲモニー国家	（帝国主義的）	イギリス（自由主義的）
資本	商人資本	産業資本
世界商品	毛織物	繊維工業
国家	絶対主義	ネーション＝ステート
エートス	消費的	禁欲的
社会心理	伝統指向	内部指向
主要芸術	物語	小説

では、こうした問題は世界資本主義の展開において考えるべきだと思います。それを、簡単な時代区分で示したいと思います（上図参照）。

この図は、一見すると、生産力の発展とともに生じた変化を示しています。そのことは、たとえば、世界商品や主要芸術（メディア）の項目を見れば、明らかです。それはテクノロジーの発展を明瞭に示しています。しかし、一方で、この図には、循環的（反復的）な変化もまた示されているのです。世界資本主義の項目を見ると、それが明らかになります。

たとえば、この図で、世界資本主義の諸段階が重商主義、自由主義あるいは帝国主義……であるという場合、それは世界中がそうなっていたことを意味するのではありません。たとえば、自由主義とは、当時圧倒的な優位にあったイギリスという国家がとった経済政策であって、他の国は自由主義的であるどころか、保護主義によってイギリスに対抗したのです。早い話が、日本はこの時期江戸時代にあったわけです。また、帝国主義とは、ヨーロッパ列強がとった政策——明治日本も急速に発展してそこに参入したのですが——であって、大多数の国はそれによって支配され植民地化されたのです。

にもかかわらず、たとえば一八一〇—一八七〇年という時期を「自由主義」段階と呼ぶことができるのは、他の諸国家がいかなる政策をとろうと、その中でイギリス経済がヘゲモニーをもった世界資本主義の下に共時的に属しているとみなすことができるからです。世界資本主義の下では、さまざまな段階の諸国家が国際分業を形成しつつ共存しています。各国経済がおかれるこの世界的な共時的構造が重要なのです。

一方、重商主義（一七五〇—一八一〇年）や帝国主義（一八七〇—一九三〇年）の段階は、それまでの経済的なヘゲモニーをもった国が衰退し、それにとってかわるべき新興国家との間に抗争がつづく段階といっていいと思います。帝国主義的な段階と、自由主義的な段階は、おおよそ六〇年の周期で交替しているのです。

その意味で、一九三〇—一九九〇年の段階は普通、後期資本主義と呼ばれ、また冷戦時代とも呼ばれますが、別の観点から見れば、アメリカのヘゲモニーにもとづく「自由主義」の段階であったと思います。そこでは、先進資本主義諸国は、ソ連圏を共通の敵とすることで協力しあい、また、国内において労働者の保護や社会福祉の政策をとったわけです。外見上は敵対的であり危機的にみえますが、国際的にはソ連圏、国内的には社会主義政党は、世界資本主義を脅かすどころかそれを安定化させるものとして機能したのです。むしろ、一九九〇年代以後のほうが、アメリカが経済的に衰退し、ヘゲモニー国家が存在しないという意味で、「新帝国主義」段階というべきなのです。

こうして、一方で、資本主義の発展に伴う変化とともに、他方で、反復的な循環があります。その点は「資本」の項目を見ると明らかです。流通における差額から利潤を得る商人資本主義は、生産から利潤を得る産業資本主義にとってかわられたはずですが、そのあと優位に立つ金融資本あるいは投機的な資本は、ある意味で、商人資本主義的なものの回帰であるということができます。ウェーバーは、産業資本主義をもたらしたのは、商人資本主義にあるような消費への欲望ではなく、むしろそれを抑制する禁欲的な態度だということを強調しました。しかし、大量生産・大量消費にもとづく後期資本主義あるいは「消費社会」においては、そのような態度はむしろ否定されます。「エートス」という項目において示されるのは、そのような変化です。

9

まず、「社会心理」というレベルで考えてみます。先ほど、私は一九五〇年代のアメリカ合州国について少し述べましたが、このころアメリカでおこったことは、のちにポストモダニズムとして語られる事柄をほとんどすべて萌芽的にはらんでいます。したがって、当時それに取り組んだ北米の社会学者や批評家の仕事は予見的でした。たとえば、ブアスティンは、出来事が疑似イベント pseudo-event にとってかわられたことを指摘しました。これはのちにボードリヤールがシミュラクルと呼んだものです。さらに、カナダの文芸批評家マクルーハンは、テレビという新たなメディアが画期的な変化をもたらすことを予見的に考察しました。

ここでとりあげたいのは、リースマンの『孤独な群衆』です。リースマンは、そうした変化が「主体」の問題としてあらわれることに注目しました。彼は社会を伝統指向型、内部指向型、他人指向型に分類し、アメリカ社会が近代の内部指向型から他人指向型に移行したというのです。内部指向型は自律的な「自己」をもち、容易に伝統や他人に動かされない。それは階層的にいえば、中西部の独立自営農民に代表される。ところが、彼らが急速に他人指向型になった、とリースマンはいうわけです。

他人指向型は伝統指向型と違って、一定の客観的な規範をもたない。他人指向とは、ヘーゲルがいったように、他人の欲望つまり、他人に承認されたいという欲望によって動くことです。彼らが指向する「他人」とは、それぞれが互いに他を気にして作り上げる想像物です。疑似イベントや新しいメディアにおいてあらわれたのは、このように、伝統的規範から離れて主体的であるようにみえて、実は、まったく主体性をもたず浮動する人々

（大衆）なのです。

これは別にアメリカに固有の現象ではない。産業資本主義が第一次・第二次産業から第三次産業へ、別の言い方でいえば、物の製造から情報の生産へシフトしはじめた時期にどこでも生じる現象です。しかし、アメリカ合州国においてそれがいちはやく顕著に生じたのは、ここではもともと伝統指向型が存在しないだけでなく、実は、内部指向型も希薄だったからです。リースマンが典型的とみなす中西部の農民は本来伝統指向を拒否した移民からなっていますが、彼らが形成する共同体は、伝統的規範をもたないため、逆に、極度に他人指向的になるのです。

内部指向は、伝統指向が強いところで、それに対抗して出てくる内的自律性です。しかし、伝統指向のないアメリカでは、それぞれが勝手に自分の原理でやるかというと、そうではない。互いに他人がどうするか、を見て、それを基準にするようになる。それが伝統指向のかわりをするわけです。かつてアメリカではソ連のように国家的強制はないが、別の強いコンフォーミズムがあるといわれたのは、そのためです。だから、アメリカでは、大衆社会、消費社会が最も早く、抵抗もなく実現されたといってよいと思います。

ところで、ヘーゲルは欲求と欲望を区別しました。欲望とは、他人の欲望、つまり、他人に承認されたい欲望である、というわけですね。そのような欲望とそれをめぐる相互の闘争が世界史を作ると、彼は考えた。しかし、それが実現されたらどうなるのか。歴史は終る。そこで、ヘーゲル主義者、アレクサンドル・コジェーヴは、歴史の終ったあとの人間について考えた。彼は「歴史の終焉」を将来のコミュニズムに見ていたのです。ただ、それは将来において実現されるだけでなく、今ここにも見られると述べ、その例として「アメリカ的生活様式」をあげた。それは一九五〇年代アメリカにおいていち早く出現した、大量生産・大量消費による大衆消費社会のあり方です。

コジェーヴによると、それはもはや闘争がなく階級がない社会であり、したがって「世界や自己を理解する」という思弁的必要性のない「動物的」な社会である。しかし、彼がいう「アメリカ的生活様式」とは、リースマンの言葉でいえば、伝統指向でも内部指向でもない、他人指向型の世界なのです。つまり、コジェーヴが「動物的」と呼んでいるものは、動物のあり方とは逆です。それはむしろ、他人の欲望しかないような人間のあり方を指すのです。

コジェーヴは、世界は将来的に「アメリカ化」するだろうと考えた。ところが、彼は、一九五九年に日本を訪問した後で、「根本的な意見の変更」をしたというのです。彼はそこに、関ヶ原の役（一六〇〇年）以後の、戦争のない、ポストヒストリカルな世界を見た。たとえば、日本人は、「人間的」な内容がないのに、純粋なスノビズムによって、まったく「無償の」自殺（ハラキリ）を行うことができる。そして、コジェーヴはこう結論します。《最近日本と西洋社会との間に始まった相互交流は、結局、日本人を再び野蛮にするのではなく、（ロシア人を含めた）西洋人を「日本化する」ことに帰着するであろう》（『ヘーゲル読解入門』第二版脚注、上妻精・今野雅方訳）。

しかし、コジェーヴが「アメリカ」とか「日本」といっているのは、もともと実際の対象というよりも、ヘーゲルがそうしたように哲学的に反省された形態です。その意味で、日本的スノビズムとは、歴史的理念も知的・道徳的な内容もなしに、空虚な形式的ゲームに命をかけるような生活様式を意味します。それは、伝統指向でも内部指向でもなく、他人指向の極端な形態なのです。そこには、他者に承認されたいという欲望しかありません。たとえば、他人がどう思うかということしか考えていないにもかかわらず、他人のことをすこしも考えたことがない、強い自意識があるのに、まるで内面性がない、そういうタイプの人が多い。

コジェーヴは歴史の終りを、江戸時代の「日本的生活様式」に見出したのですが、それは予見的でした。というのは、彼がそういってから二〇年後に、ポストモダンと呼ばれた日本の経済的繁栄（バブル経済）において顕在化したのは、江戸時代の三〇〇年の平和の中で独特に洗練されてきた独特のスノビズムの再現だったからです。

もともと日本には内部指向型などない。それは、明治以来の日本の近代文学や思想の中に出てきたものです。彼らは自律的な「主体」を確立することに努めてきたといってよいでしょう。ところが、一九八〇年代に顕著になってきたのは、逆にそのような「主体」や

「意味」を嘲笑し、形式的な言語的戯れに耽けることです。近代小説にかわって、マンガやアニメ、コンピュータ・ゲーム、デザイン、あるいはそれと連動するような文学や美術が支配的となりました。それはアメリカで始まった大衆文化をいっそう空虚に、しかしいっそう美的に洗練することでした。

日本のバブル的経済はまもなく壊れましたが、むしろそれ以後にこのような大衆文化がグローバルに普及しはじめた。その意味で、世界はまさに「日本化」しはじめたように見えます。しかし、それは、グローバルな資本主義経済が、旧来の伝統指向と内部指向を根こそぎ一掃し、グローバルに「他人指向」をもたらしていることを意味するにすぎません。近代と近代文学は、このようにして終ったのです。

10

先ほど述べたように、ウェーバーは産業資本主義を推進させたものは、利益や欲望でなく、「世俗内的禁欲」にあることを強調しました。それが近代（産業）資本主義をもたらす、勤勉な労働倫理を用意した、と彼は考えた。そして、それをもたらしたのは、プロテスタンティズム（キリスト教）であるといったのです。しかし、それなら日本の場合はどうなのか。プロテスタンティズムでなければならないということはない。「世俗内的な禁欲」

というのは、欲望の実現の遅延ということです。要するに、それが大事なことなのです。

もちろん、明治日本においても、キリスト教（プロテスタント）の影響はすくなくありません。実際、北村透谷、国木田独歩をはじめ、多くの作家がキリスト教を経由しています。しかし、その前に、日本人全般を動かし、勤勉で禁欲的な生活をもたらしたものがあります。それは立身出世主義です。これは学制改革と徴兵制という明治初期の政策の根底にあった理念です。そもそもいわゆる五箇条の誓文にもうたわれていたことです。そして、それに呼応するように、福沢諭吉の『学問のすゝめ』やS・スマイルズ（中村正直訳）の『西国立志編』が出版され、ベストセラーになりました。

立身出世主義は、近代日本人の精神的な原動力ですね。封建時代の身分制を否定する思想は、さまざまにあります。しかし、人間は平等だといっても口先だけのことです。現実的な平等からは程遠い、明治で何が変わったかというと、明治以後の日本では、学歴によって新たな階位を決めるシステムになったということです。徳川時代でも身分を越えるモビリティは案外あったのですが、明治以降それが全面化したということです。だから、日本人の多くが、子も親も、立身出世のために必死になって、勤勉に働くということになった。これが受験競争として近年までずっと続いてきました。このことを無視すると日本の近代を理解することはできません。

といっても、立身出世主義がただちに近代文学になるというわけではない。近代文学は逆に立身出世がうまくいかない、空しい、というところに出てきます。それが大体、明治二〇年ぐらいに出てきます。鷗外の『舞姫』や二葉亭の『浮雲』なども、そのような人物を扱っています。

明治日本における近代的な自己あるいは内面性は、自由民権運動の挫折から出てきたといわれます。北村透谷がその代表です。しかし、自由民権運動にはさまざまな広がりがあるのです。そして、そこにはすでに立身出世主義との葛藤があります。たとえば、学校の中央集権化に対抗して退学した鈴木大拙や西田幾多郎のような人がいます。そのあと、彼らは宗教に没頭した。二葉亭四迷も、広い意味で自由民権運動の流れの下で、出世コースとしての学校をやめてしまった。二葉亭四迷の『浮雲』にはそういう背景があります。それに対して、夏目漱石は一見してエリートコースを歩みつつ、いつもそれを否定したい、破壊したい、という衝動に駆られていた。漱石が文学に参入してきたのはだいぶん後ですが、彼も透谷や二葉亭、西田幾多郎などと同世代の人間です。実際、漱石は、東京帝国大学教授のポストをなげうって、小説家になったのです。だから、私は、『こゝろ』に描かれたK、そして先生に、明治一〇年代の透谷や西田幾多郎の姿を重ねてしまうのです。

一方、明治日本に近代的な内面性をもたらしたのは、そして、恋愛や文学をもたらしたのは、キリスト教です。しかし、たんに影響というだけでは、なぜこの時期キリスト教なのかということがわからない。この点については『日本近代文学の起源』にも書きましたが、キリスト教に行った人も、旧幕臣系が多い。彼らは出世がおぼつかない、また、それまで忠誠の対象であった「主」がない、そういう状態から、キリスト（主）に向かった、ということです。とすると、やはり、これは立身出世主義という時代背景なしには理解できない。彼らの内面性が、立身出世という強制力のもとに出てきたことは明らかです。彼らは立身出世を強いる社会に対して自立しようとした。そのとき、キリスト教（プロテスタンティズム）に出会った。

私は、明治以後の日本人に勤勉や禁欲というエートスをもたらしたのは、立身出世主義だと思います。リースマンの言葉でいえば、立身出世は伝統指向ではない。それは、親のあとを継げ、という身分制を否定するものです。しかし、それは内部指向でなく、他人指向型ですね。他人の承認をかちえたいという欲望に駆られているからです。近代的な自己というのは、伝統や他人を超えて自律的な何かを求めることです。現実にはそれは難しい。だから、それをキリスト教に、というより、窮極的に「文学」に見出したのです。

しかし、現在ではどうでしょうか。たとえば、学歴主義というか、東京大学を頂点としてどの大学に入るかによって「身分」が決まるというような体制がずっとあった。どんなに否定してもあった。ところが、それは、一九九〇年代以後のグローバリゼーションの下で、急速に解体されているように見えます。学生のほうもそうですね。長い受験競争を経てやっといい会社に入ったというのに、あっさりやめてしまう人が多い。そして、「フリーター」になる。彼らは小説を書くかもしれない。しかし、そこには、立身出世コースから脱落した、あるいは排除されたことから生まれるような、近代文学の内面性、ルサンチマンなどはありません。そして、実は、私は、それは悪くない傾向だと思います。さらにいえば、そういう人たちは文学などやらなくても結構です。もっと違う生き方を現実に作り出してもらいたい。

11

世俗内的禁欲ということが端的にあらわれるのは、労働ではなく、やはり性愛です。江戸時代でも、商人は禁欲的でした。しかし、長年かかって金を蓄えると、何をするか。女道楽しかない。尾崎紅葉がそういうことを小説に書いています。その紅葉の「伽羅枕」という作品を痛烈に批判したのが、北村透谷です。彼は紅葉の描くような世界を「粋」と呼んで批判しました。それは封建社会の遊郭に生まれた、平民的なニヒリズムである、と。彼はそれに対して恋愛をもってきた。「厭世詩家と女性」では、「想世界と実世界との争戦より想世界の敗将をして立籠らしむる牙城となるは即ち恋愛なり」というふうに、あるいは「恋愛は一たび我を犠牲にすると同時に我れなる「己れ」を写し出す明鏡なり」というふうに、恋愛は、画期的な意義をもつものとして考えられた。

透谷はプラトニックな恋愛を説きましたが、島崎藤村や田山花袋のように最初からそのように考えていた後輩たちと違って、若年にして、すでに紅葉が書いたような遊蕩的な世界を経験していました。何しろ、小学生のころから自由民権運動に参加していたわけですから。そして、彼は恋愛がもつ困難についてもリアルな認識をもっていました。たとえば、こういうことをいっている。《怪しきかな恋愛の厭世家を眩せしむるの容易なるが如くに婚姻は厭世家を失望せしむる事甚だ容易なり。……始《はじめ》に過重なる希望を以て入りたる婚姻は後に比較的の失望を招かしめ、惨として夫婦相対するが如き事起るなり》。実際、透谷自身が石坂ミナと離婚しているのです。そして、二五歳で自殺した。

ところで、透谷に批判された紅葉はどうなったでしょうか。紅葉は、井原西鶴の全集を編集したぐらいに、西鶴に傾倒し、その真似をしたのです。私は、西鶴には、透谷が徳川時代の平民的虚無思想といった批判は妥当しないと思います。むしろ、元禄時代の大坂にいた西鶴や近松は、武士を圧倒する商人階級の上昇的な力をとらえていた。透谷がいう「粋」は、文化文政以後の江戸にこそあてはまるのです（たとえば、哲学者の九鬼周造が、そのような遊郭に発生した平民的虚無思想を「いきの構造」として意味づけましたが、その「いき」は文化文政以後のものです）。

ところが、江戸文学の続きである紅葉は西鶴の全集まで編集しながら、西鶴がわからなかった。というより、彼は自分の生きている時代がよくわかっていなかったと思います。

紅葉が西鶴から得たのは、あらゆるものが商品経済によって支配されているという認識でした。しかし、こういう認識は、一八世紀初め、武士が支配する封建社会においていわれたときと、明治二〇年代にいわれるときとでは、意味が違うのです。明治二〇年代には、かつて西鶴が見出した商人資本主義は、産業資本主義にとってかわられていました。商人資本主義の時代に強かったものは、この時期には、たんに商業資本(商店)となるか、あるいは高利貸しとなった。ところが、産業資本主義の時期には、それは銀行にとってかわられる。これは古来ある金貸しとは異質なものなのです。

紅葉本人は、恋愛に関して、その後に大分意見を変えたと思っていました。しかし、根本的には変わっていない。そのことは彼の最晩年の仕事である、『金色夜叉』を見れば明らかです。これは明治三六年に書かれています。日露戦争のすぐ前です。つまり、日本の経済が重工業に向かい、政治的に帝国主義的な段階に進んでいたときです。ところが、紅葉がここに書いたのは、女(お宮)が自分をすてて富(富山)に奔ったと思って、高利貸しになって復讐しようとした人物(貫一)なのです。この設定自体がアナクロニズムだと思います。同時代の現実から程遠いというほかない。その点でいえば、透谷のいう恋愛は、けっしてそのつもりで説かれたのではないけれども、実は、産業資本主義に不可欠なエートスに合致したのです。すなわち、世俗内的禁欲です。すぐに欲求を満たすのではなく、遅延させる。あるいは、欲求を満たす権利を蓄積する。それが産業資本主義の「精神」なのです。

しかし、明治三六年、あるいはそれ以後に、『金色夜叉』が記録的なベストセラーになったのは、当時の人々の考え方がまだ徳川時代とさほど変わっていなかったからでないかと思います。たとえば、熱海の海岸で、大学生の貫一が自分を裏切ったお宮を下駄で蹴飛ばす場面がある。そのとき貫一は来年、再来年、何十年後の「今月今夜のこの月を、僕の涙で曇らしてみせる」とか、いうんですね。そのとき、貫一は、「夫婦も同然だったのに」といって、お宮が裏切ったことをなじるのですが、昔私は、それはちょっと大げさじゃないか、と思っていました。しかし、原作をよく読んでみると、彼らは五年ぐらい事実上同棲していたんですよ。お宮の親もまたそれを承知していた。ところが、富山はそのことを知っているにもかかわらず、強引に求婚してきた。そして、お宮も「自分はもっと高く売れる」と判断した。小説には、ちゃんとそう書いてあるのです。

今の読者は、それを読んだら、驚くでしょう。当時の読者は驚かなかった。それどころか、大変な人気だったのです。ところが昭和以降になって、新派の演劇になると、『金色夜叉』は大分原作から離れます。私が『金色夜叉』を知ったのは、中学に入る直前でしたが、山本富士子が主演した映画を見たからですね。その映画では、お宮は可憐な処女で、身近にいた貫一と純愛の関係にあったところに、突然やってきた富山に求婚され、貫一の将来のことを考えて、泣く泣くそれを承諾した、ということになっていました。

しかし、紅葉が明治三〇年代に書いていたときは、そうではなかった。そもそも処女性とかプラトニックな恋愛がいわれるようになったのは、明治二〇年代からで、それを積極的に唱導した一人が透谷です。しかし、大衆のレベルではそうではなかった。農村部ではいうまでもないことです。夜這いというような慣習は、戦後にまでかなり残っていました。都市においても同様です。処女性など問題にされていなかった。ただ、都市部が農村部と異なるのは、セックスを金銭的にみる見方があった、つまり、自分を商品として見る意識があったということです。露骨にいえば、「ただでやらせるのはもったいない」ということです。当然ですが、彼らは遊郭で働くこともさほど気にしていなかった。武士の家庭は例外です。そこでは儒教道徳が浸透していたから。明治以後は、そのような道徳が、近代的な道徳意識と混じって、全階層に徐々に浸透していった。

しかし、『金色夜叉』を読むと、明治三〇年代になっても大衆レベルでは、さほど変わっていないことがわかります。お宮は明治の女学校を出たことになっていますが、その内実において、芸者とさほど違わない。明治半ばまで、政治家も学者も芸者と結婚した人がすくなくない。早い話が、鹿鳴館のパーティなどは、もと芸者が仕切っていたわけです。普通の女は、社交的に振舞えない。それでは困るということで、女学校ができたのです。だから、お宮が女学校を出たといっても、紅葉にとっては、芸者と同じようなものであった。お宮は、自分の美貌なら、貫一程度ではもったいない、もっと値打ちがあるのではないかと思うわけです。ただし、これを見て、日本が遅れていた、あるいは非西洋的である、というふうにいうことはできない。たとえば、フランスの宮廷を舞台にした心理小説で、活躍する公爵夫人とか伯爵夫人とかは、高級娼婦上がりがすくなくない。別にそれで非難されなかった。ナポレオン三世の時代では、パリの女の三分の一ぐらいは娼婦だったといわれています。むろん、それはプロテスタント的文化のところでは、厳しく否定される。透谷などはクエーカー教徒ですから、遊郭から出てきた文化なんて、とんでもない。しかし、それが一般に非西洋的であるとはいえないのです。だから、先ほど述べた九鬼周造は「いき」を、フランスの「シックchic」と比べています。ちなみに、ハイデガーは九鬼のいう「いき」を高く評価しました。彼のようなドイツ農民型の哲学者に、遊郭で生まれた「いき」の境地がわかったとはとても思えないのですが。

一方、富山は西洋に留学して帰ってきたことになっていますが、彼の態度は、徳川時代に遊郭で遊ぶ町人の旦那と変わらない。だから、彼女が貫一と同棲していると知っていても、いわば芸者を「身請け」するように求婚したし、またそれが可能だった。さらに、よくあることですが、女を一度身請けしたら、すぐに興味をなくして相手にしなくなる。そこで、お宮は貫一のことを思いだして後悔する――、要するに、そういう話なのです。

先ほど、今の読者が『金色夜叉』を読むと、驚くだろうといいました。しかし、実は私は、今の若い人は、もし読んだとしたら、まるで驚かないのではないか、かえって北村透谷などを読んだほうがあきれてしまうのではないか、と思っているのです。というのは、お宮のように、自分の商品価値を考えて、もっと高く売ろうと計算する女性は、今日ではありふれているし、男女ともに処女性を気にかけてもいない。数年前に「援助交際」と呼ばれる一〇代の少女の売春形態に、革命的な意義を見ようとした社会学者がいました。しかし、それは資本主義がより深く浸透してきたということを意味するだけです。もしそれが革命的なら、西鶴の『好色一代女』のほうがもっと革命的です。

　また、若い人たちには、いわば貫一のように、一気に金をもうけようと投機をやる人たちがすくなくない。それはどういうことなのか。これは資本主義の段階でいえば、産業資本主義の後の段階では、ある意味で商人資本主義的になるということを意味しています。生産よりも、流通における差額から剰余価値を得ようとする。そういう商人資本の本性が前面に出てくる。それが新自由主義の段階です。だから、一昔前のもののほうがかえって、現在にぴったり合うように見えるのです。これが「歴史における反復」ということの、現実的根拠です。

　最後にくりかえしますが、今日の状況において、文学（小説）がかつてもったような役割を果たすことはありえないと思います。ただ、近代文学が終っても、われわれを動かしている資本主義と国家の運動は終らない。それはあらゆる人間的・自然的環境を破壊しても続くでしょう。われわれはその中で対抗して行く必要がある。しかし、その点に関して、私はもう文学に何も期待していません。

追記—これは二〇〇三年一〇月、近畿大学国際人文科学研究所付属大阪カレッジで行った連続講演の記録にもとづいている。さらに、これは『近代文学の終り』（インスクリプト、二〇〇五年）に収録された。

日本精神分析再考

今日、私が「日本ラカン協会」に招かれたのは、かつて「日本精神分析」という論文の中でラカンに言及したからだと思います。そこで私は、ラカンが日本について、特に、漢字の訓読みの問題について述べたことを引用しました。今日、それについて話すつもりなのですが、その前に少し経緯を説明させていただきます。「日本精神分析」という論文は一九九一年頃に書いたもので、『定本 柄谷行人集 4 ネーションと美学』(岩波書店)に収録されています(「文字の地政学――日本精神分析」)。これは『日本精神分析』(講談社学術文庫)と題する本とは別のものです。後者は二〇〇二年に書いたもので、この時点では、前に書いたものに嫌気がさした、というようなことを述べています。かつて「日本精神分析」を書いたとき、自分は日本人論、日本文化論を否定するつもりで書いたけど、結局その中に入るものでしかなかった、と。実際、それ以後、私は「日本論」について一切書いていません。だから、現在の気分としては、読み返すのもいやです。ただ、若森栄樹氏をはじめとするラカン派の人たちに評価され講演を依頼されたため、「再考」を余儀なくされたわけです。再考しても、べつに新たな考えは出てきません。ただ、今日私が話すことによって、皆さんにあらためて考えてもらえばよいのではないか、と思って来たのです。

「日本精神分析」という論文の主題は、私が一九八〇年代後半に考えていた問題です。それは簡単にいうと、丸山眞男が『日本の思想』に書いた論点を再検討することです。丸山は、西洋の思想史を基準にして日本の思想史を考察し、次のようにいいました。日本の思想史には、さまざまな個別的思想の座標軸を果たすような原理がない、あるものを異端たらしめるような正統もなく、すべての外来思想が受容され空間的に雑居する、そして、そこに原理的な対決がないために、発展も蓄積もない（『日本の思想』岩波新書、一九六一年）。いいかえれば、外から導入された思想は、けっして「抑圧」されることはなく、たんに空間的に「雑居」するだけである。新たな思想は、それに対して本質的な対決がないままに、保存され、また新たな思想が来ると、突然取り出される。かくて、日本には何でもあるということになる。彼はそれを「神道」と呼んでいます。《「神道」はいわば縦にのっぺらぼうにのびた布筒のように、その時代時代に有力な宗教と「習合」してその教義内容を埋めて来た。この神道の「無限抱擁」性と思想的雑居性が、さきにのべた日本の思想的「伝統」を集約的に表現していることはいうまでもなかろう》（同右）。

丸山眞男は西洋と比較して日本を考察した人ですが、もう一人、中国と比較して日本を考察した人がいます。中国文学者の竹内好ですね。彼の考えでは、近代西洋との接触において、アジア諸国、特に中国ではそれに対する反動的な「抵抗」があったのに、日本ではそれがなくスムースに「近代化」を遂げた。それは、「抵抗」すべき「自己」が日本になかったからだ、というのです。それは、日本には思想の座標軸がなかったという丸山眞男の意見と同じです。つまり、原理的な座標軸があることは、「発展」よりもかえって「停滞」をもたらす。日本の「発展」の秘密は、自己も原理もなかったことにある。竹内好は、一時的な停滞を伴うとしても、中国のような「抵抗」を通した近代化が望ましいというわけです。そして、そのほうがむしろ西洋に近い、と。

私は彼らの考えに別に反対ではなかった。いろいろ考えると、確かにその通りなのです。近代日本のさまざまな問題がこの辺に集約される。ただ、私が問うたのは、ではなぜそうなのか、ということです。その場合、どうしても集団としての日本人の心理を見ないわけにはいかなくなる。広い意味で「精神分析」的にならざるを得ないわけです。

実際、丸山は『日本の思想』のあと、一九七二年に「歴史意識の古層」という論文を発表しています。これは『日本の思想』の今あげたような問題、神道とか思想の座標軸がないといった話を、古代に遡行して考えようとしたものです。彼はそれを『古事記』の分析を通して行ないました。そのとき、彼が「古層」に見出したのは、意識的な作為・制作に対して自然的な生成を優位におく思考です。古層とは、一種の集合的な無意識です。しかし、彼は「歴史意識の古層」という概念を、それ以上理論的に裏づけようとしていません。

一方、その当時流行っていたのは河合隼雄の日本文化論ですね。『母性社会日本の病理』といった本がそうなのですが、この人はユング派ですから、当然集合的無意識を実在しているかのごとく扱います。そして、このようにいう。《西洋人の場合は、意識の中心に自我が存在し、それによって統合性をもつが、それが心の底にある自己とつながりをもつ。これに対して、日本人のほうは、意識と無意識の境界も定かではなく、意識の構造も、むしろ無意識内に存在する自己を中心として形成されるので、それ自身、中心をもつかどうかも疑わしいと考えるのである》（『母性社会日本の病理』）。

しかし、私はこのように集合的無意識を何か実在のように扱うことを、疑わしく思います。ある日本人の個人を精神分析することはできますが、「日本人の精神分析」は可能だろうか。可能だとしたら、いかにしてか。ユングの場合、集合的無意識という概念をもってくるから、それは可能です。では、フロイトはどうか。彼は集団心理学と個人心理学の関係について非常に慎重に考えています。彼の考えでは個人心理なんてものはない、それはすでにある意味で集団心理だから。彼はまた、個人心理と別に想定されるような集団心理（ル・ボン）のようなものを否定する。では、個人において集団的なものがどのように伝わるのか。それに関しては、どうもはっきりしないのです。たとえば、個体発生は系統発生を繰り返すという説をもってきたり、過去の人類の経験が祭式などを通して伝えられる、とか、いろんなことをいうのですが、はっきりしない。

ところが、ラカンはそのような問題をクリアしたと思います。それは彼が無意識の問題を根本的に言語から考えようとしたからです。言語は集団的なものです。だから、個人は言語の習得を通して、集団的な経験を継承するということができる。つまり、言語の経験から出発すれば、集団心理学と個人心理学の関係という厄介な問題を免れるのです。ラカンは、人が言語を習得することを、ある決定的な飛躍として、つまり、「象徴界」に入ることとしてとらえました。その場合、言語が集団的な経験であり、過去から連綿と受け継がれているとすれば、個人に、集団的なものが存在するということができます。

このことは、たとえば、日本人あるいは日本文化の特性を見ようとする場合、それを意識あるいは観念のレベルではなく、言語的なレベルで見ればよい、ということを示唆します。もちろん、言語といっても、つぎの点に注意すべきです。たとえば、日本人・日本文化の特徴を、日本語の文法的性格に求める人がいます。日本語には主語がない、だから、日本人には主体がない、というような。しかし、それなら、同じアルタイ系言語である言語をもち、同じ中国の周辺国家である韓国ではどうなのか。不思議なことに、日本文化を言語から考察する論者は、誰もそれを問題にしないのです。

そもそも日本文化の特性をみるとき、西洋や中国と比べるのではなく、韓国と比べるべきだと思います。アメリカ人・アメリカ文化の特性について考える場合でも同じことがいえます。ふつう人々は、アメリカ（合州国）を、ヨーロッパ、ラテンアメリカ、あるいは東洋と比較しますが、私の考えでは、カナダと比べるべきなのです。つまり、アメリカ文化の特性は、同じイギリスの旧属国であり、同じ移民の国であるカナダと比べたときに、初めて見えてくる。なぜ、カナダではこうなのに、アメリカはこうなのか。しかし、これをいう人はほとんどいません。私の知る限り、例外は、マイケル・ムーアの、銃による大量射殺事件を扱ったドキュメンタリー映画Bowling for Columbineです。彼は、カナダにはアメリカよりむしろ銃所持率が高いのに、銃を使用した犯罪が起こっていないということに注目しています。これは暴力事件を通した、文化論であり、また、精神分析ですね。私の考えでは、カナダとアメリカの差異は、イギリスとの関係における差異から生じています。

同様に、日本のことを考えるとき、西洋や中国とではなく、韓国と比較して考えることが重要だと思うのです。その点で、明瞭なのは、丸山眞男や竹内好の日本論が、西洋や中国と比較して日本を考えたものだということです。それでは紋切り型の認識しか出てこないのは当然です。私のいう「日本精神分析」の特質は、したがって、言語から見るということ、韓国との比較において見るということ、この二点にあります。日本と韓国との違いは、中国に対する関係の違いにあります。

日本と韓国を比べたときに最も目立つのは、漢字に対する態度の違いです。韓国やベトナムなど中国の周辺諸国は漢字を受け入れたのですが、現在は全部放棄しています。言語のタイプが異なる（中国語が独立語であるのに、周辺の言語は膠着語である）ので、漢字の使用が難しいからです。しかし、日本には漢字が残っている。のみならず、漢字に由来する二種の表音的文字が使われています。しかも、日本では、三種の文字によって、語の出自を区別しています。たとえば、外国起源の語は漢字またはカタカナで表記される。このようなシステムが千年以上に及んでいるのです。こうした特徴を無視すれば、文学はいうまでもなく、日本のあらゆる諸制度・思考を理解することはできないはずです。というのも、諸制度・思考は、そうしたエクリチュールによって可能だからです。

丸山眞男は、日本ではいかなる外来思想も受けいれられるが、ただ雑居しているだけで、内的な核心に及ぶことがない、と言いました。しかし、それが最も顕著なのは、このような文字使用の形態においてです。漢字やカタカナとして受け入れたものは、所詮外来的であり、だからこそ、何を受け入れても構わないのです。外来的な観念はどんなものであれ、先ず日本語に内面化されるがゆえに、ほとんど抵抗なしに受け入れられる。しかし、それらは、所詮漢字やカタカナとして表記上区別される以上、本質的に内面化されることなく、また、それに対する闘いもなく、たんに外来的なものとして脇に片づけられるわけです。結果として、日本には外来的なものがすべて保存されるということになる。

こう見ると、丸山眞男がいう「日本の思想」の問題は、文字の問題においてあらわれているということがわかります。特に「歴史意識の古層」というようなもの、あるいは、集合的無意識のようなものを見なくてもよい。漢字、かな、カタカナの三種のエクリチュールが併用されてきた事実を考えればよいのです。それは現在の日本でも存在し機能しています。日本的なものを考えるにあたって、それこそ最も核心的なものではないか。私はそう考えたのです。ところが、調べてみると、不思議なことに私が考えようとしたことを誰もやっていないんですね。どんな領域でも何かをやろうとすると、すでにそれに手をつけている先行者が必ずいるはずなのですが、いない。

しかし、実はいたのです。それがラカンでした。実のところ、私は、若森さんが訳したラカンの短い論文を読んで、ラカンが日本の文字、特に漢字の訓読みの問題について非常に関心を持っていることを知ったのです。さらに彼は、『エクリ』の日本語版序文では、「日本語のような文字の使い方をするものは精神分析を必要としない」、そして、「日本の読者にこの序文を読んだらすぐに私の本を閉じる気を起こさせるようにしたい」、とまで言っているわけですね。そのラカンが注目したのは、日本で漢字を訓で読むという事実なのです。彼はこう述べています。

本当に語る人間のためには、音読み（l'on-yomi）は訓読み（le kun-yomi）を注釈するのに十分です。お互いを結びつけているペンチは、それらが焼きたてのゴーフルのように新鮮なまま出てくるところを見ると、実はそれらが作り上げている人々の幸せなのです。

どこの国にしても、それが方言でなければ、自分の国語のなかでシナ語を話すなどという幸運はもちませんし、何よりも――もっと強調すべき点ですが――、それが絶え間なく思考から、つまり無意識から言葉（パロール）への距離を触知可能にするほど未知の国語から文字を借用したなどということはないのです。精神分析のためにたまたま適当とされていた国際的な諸言語のなかから取り出してみせるときには、やっかいな逸脱があるかもしれません。

誤解を恐れないで言えば、日本語を話す人にとっては、嘘を媒介として、ということは、嘘つきであるということなしに、真実を語るということは日常茶飯の行いなのです。

（一九七二年一月二七日）

実のところ、私は、これが何を意味するか、いまだにわかりません。皆さんの意見をうかがいたいと思っています。ただ、私はかつてこう考えたのです。日本人は漢字を受け入れたときに、それを訓で読んだ、つまり自国の音声で読んだわけです。その結果、自分の音声を漢字を使いながら表現するようになる。これはありふれたことのようですが、実はそうではないんですよ。

一般に外国から文字を受けとるというのは当たり前で、世界のいくつかの文明の中心を除くとほとんどの地域はそれを経験しているわけです。ヨーロッパでも同じですけど。ただアルファベットを得たからといってすぐその国で言葉を書き始めたりするということはないわけですね。それが出来るようになるのは中心からきた、文明から来たテクストを翻訳するという形で自国の言語を作るということです。たとえば、イタリアでは、ダンテが自身ラテン語で書けるものをあえて、イタリア地方の一方言に翻訳して書いた。その一方言が現在のイタリア語になっています。つまり、ダンテが翻訳を通して作った言葉を、今のイタリア人はしゃべっているわけです。

私は明治日本における言文一致という問題を考えたときに、そのことに気づいたのです。たとえば、「言文一致」という場合、その言い方が何とか妥当するのは、東京地方だけです。他の地域の人々にとって、言文一致の文章とは、「言」(口語)とは無関係な、新たな「文」なのです。そして、まもなく、このような文で話すようになっていく。その結果として、「言文一致」になる。こう考えたとき、私が思い至ったのは、明治に起こったことは、すでに、奈良時代から平安時代にかけても起こったはずだということです。

たとえば、平安時代に、各地の人々が京都の宮廷で話されている言葉で書かれた『源氏物語』を読んで、なぜ理解できたのか。それは彼らが京都の言葉を知っていたからではありません。今でさえ各地の人がもろに方言で話すと通じないことがあるのに、平安時代に通じたはずがない。『源氏物語』のような和文がどこでも通じたのは、それが話されていたからではなくて、漢文の翻訳として形成された和文だったからです。紫式部という女性は司馬遷の『史記』を愛読していたような人で、漢文を熟知している。にもかかわらず、漢語を意図的にカッコに入れて『源氏物語』を書いたわけですね。

あらためていうと、日本人は漢字を受け取り、それを訓読みにして、日本語を作り上げたのです。ただ、その場合、奇妙なことがある。イタリア人はイタリア語がもともとラテン語の翻訳を通して形成されたことを忘れています。しかし、日本人は、日本語のエクリチュールが漢文に由来することを忘れてはいない。現に漢字を使っているからです。漢字は外来的なものです。にもかかわらず、日本人はその外来性を感じていない。だから、日本では、韓国におけるように、漢字を外来語として排除もしないのです。ところが、同時に、漢字はやはり外部的なものにとどまる。そこが奇妙な点です。

私が注目したのはそのことです。韓国では、中国の制度＝文明が全面的に受け入れられた。科挙や宦官をふくむ文官制が早くから確立されています。しかし、日本では中国の制度＝文明を全面的に受け入れながら、同時に受け入れを拒んでいる。その奇妙なあり方が文字に関してもあらわれているのです。私はそれを、ラカンから学んだ考えで説明しようとしました。結論としていえば、日本人はいわば、「去勢」が不十分である、ということです。象徴界に入りつつ、同時に、想像界、というか、鏡像段階にとどまっている。この見方は日本の文化・思想の歴史について、あてはまると思います。つまり、丸山眞男などが扱ってきた問題は、このような文字の問題を通した「精神分析」を通してこそアプローチできるのではないか、と私は思ったのです。

私はつぎのように書きました。《ラカンがそこから日本人には「精神分析が不要だ」という結論を導き出した理由は、たぶん、フロイトが無意識を「象形文字」として捉えたことにあるといってよい。精神分析は無意識を意識化することにあるが、それは音声言語化にほかならない。それは無意識における「象形文字」を解読することである。しかるに、日本語では、いわば「象形文字」がそのまま意識においてもあらわれる。そこでは、「無意識からパロールへの距離が触知可能である」。したがって、日本人には「抑圧」がないということになる。なぜなら、彼らは無意識（象形文字）をつねに露出させている――真実を語っている――からである》。くりかえすと、日本人には抑圧がない。なぜなら彼らは意識において象形文字を常に露出させているからだ。したがって、日本人はつねに真実を語っている、ということになります。

このラカンの日本論を読んで、私が思い浮かべたのは本居宣長のことです。宣長は『源氏物語』についてこういっています。《物語は、おほかたつくりこと也といへども、其中に、げにさもあるべきことと思はれて、作り事とはしりながら、あはれと思はれて、心のうごくこと有と也。……然ればそらごとながら、そらごとにあらずと知べしと也。……物語にいふよきあしきは、儒仏の書にいふ、善悪是非とは、同じからざることおほき故に、そのおもむきいたくなること也》(『源氏物語玉の小櫛』)。つまり、物語にいう「よきあしき」は儒仏の書に言う「善悪是非」とは異なる。物語は作り事、そらごとであるが、それによって表現される「もののあはれ」こそが「真実」なのだ、というのです。ここでラカンがいったことを思い出して下さい。《日本語を話す人にとっては、嘘を媒介として、ということは、嘘つきであるということなしに、真実を語るということは日常茶飯の行いなのです》。

宣長はこのようなものの見方・考え方を「やまとごころ」と呼びました。これを大和《やまと》魂《だましい》と言っても同じです。私が「日本精神分析」という場合の「日本精神」とは、このような大和魂のことです。これは一般に言われているような軍国主義あるいは体育会系の日本精神とは違って、むしろ手弱女《たおやめ》ぶり(フェミニニティ)を指します。実際、大和魂は、紫式部が『源氏物語』の中でつかった言葉なのです。いうまでもなく、それは漢語では表現できないものです。

やまとごころの反対概念が漢意《からごころ》です。それは具体的には儒教と仏教の考え方を指すのですが、もっと一般的に、知的、道徳的、理論体系的な思考だといってもいいでしょう。それはいわば、漢字で表現されるような概念を指します。軍国主義的な日本精神なるものはむろん、漢意です。それに対して、宣長は「もののあはれ」というような感情をもってきます。しかし、それはたんなる感情ではない。それは、知的・理論的ではないけれども認識的であり、道徳的ではないが深い意味で倫理的なものだ。そうして、それがやまとごころなのだ、というのです。

また、宣長はこういうことをいう。仏教では悟りをえたら、死んでもいいというけれども、それは嘘だ、たとえ極楽に行くに決まっていても、死ぬのは悲しい、というのです。神に関してもこういうことをいっています。善い神だけでなく悪い神もある、悪いことをしても幸福になる場合もあり、善いことをして不運に遭う場合もある。だから、神を道理にあうかあわないかというようなことで判断してはならない、と。こういうところを見ると、「日本人はつねに真実を語っている」というラカンの言葉はうなずけます。

宣長のいうことは儒教を批判した老荘の思想に似ているといわれるのですが、彼は老荘をもまた漢意として批判します。老荘が説く自然は、人工的な儒教思想に対して人工的に考えられた自然にすぎない、と。やまとごころというと排外主義的に聞こえますが、宣長は日本の神道もまた漢意であるといいます。神道というのは、仏教や儒教に対抗して人工的に作られた体系である、と。それに対して、宣長がいう自然は歴史的事実である。それが「古《いにしえ》の道」であり、それを探究するのが「古学」なのです。

宣長は自分の学問を「古学」と呼び、一度も「国学」とは呼んでいない。また、彼は「古の道」を現在の世に実現しようなどとは考えなかった。彼が実際にとったのはむしろ、穏健な漸進的改革派の立場です。たとえば、彼は浄土宗の門徒であり、それを否定しなかった。一方、「国学」を創ったのは、宣長の死後に出てきた平田篤胤です。それは理念として想定される古代の社会を今の世に実現するという政治思想となります。そして、明治維新、王政復古の思想につながっていった。しかし、宣長が生きていたら、まちがいなく、篤胤のような考え方を漢意として批判したでしょう。

宣長がいう大和魂というのは、作為性とか抑圧性を斥けるものです。こうしてみると、大和魂はなかなかのものです。こういう人たちには確かに精神分析の必要はないでしょう。しかし、これが古代の日本人に実際にあったとはいえない。また、日本人であるというだけでもてるわけではない。「古の道」とは、宣長が一種の精神分析を通して得たものなのです。それを理念として積極的に立てると、必ず平田篤胤のいうような神道的理念になります。大和魂はたちまち日本精神となる。つまり、やまとごころというのは実際には得難いものなのです。それを得ること、維持することには大変な知性と意志が必要となる。

宣長はその方法を提示した。それが「古学」なのです。しかも、古学といっても『古事記』を読めばいいというわけではない。彼はその前に『源氏物語』を読むように勧めています。それを通して漢意を洗い落としていく必要がある。その過程は精神分析のようなものです。だから、日本人には精神分析は不要だというラカンに対して、やまとごころをもつためにはやはり精神分析が必要だ、と私はいいたいのです。

時間がないので、この辺で終わりますが、私は二〇〇二年に「日本精神分析」について書いて以降、このような文字の問題、あるいは日本の問題、文学の問題について書くことをやめました。この間ずっと考えてきたのは「世界史の構造」です。その中では、特に日本のことは出てきません。しかし、私が考えていることは、根本的には日本人としての経験から出てきたものです。ただ、それを日本のこととして語りたくないのです。今日、それについて話したのは、ここが「日本ラカン協会」という場だからです。このような機会を与えて下さったことに感謝します。

都市プラニングとユートピア主義を再考する

I

この会議は建築教育をめぐるものです。講演を依頼されたとき、最初、私はつぎのようにいって断りました。私は建築家ではないし、建築の批評家でもない。まして、建築教育とは何の縁もない、と。ところが、こういいかえされました。われわれは建築科で、あなたが書いた『隠喩としての建築』（トルコ語訳）を教材として使っている、すでにあなたは建築教育に関与しているではないか、と。そういわれれば、そうだというほかありません。それで、引き受けることにしたのです。もっとも、他の理由があって、トルコにぜひ来たいと思っていたことが大きいのですが。

最初に、私が建築にかかわるようになった経緯について、少し話します。私は一九八三年に『隠喩としての建築』を出版しました。それは英語版（一九九五年）とはかなり異なるものですが、ともかく、それを書いた当時、私は実際の建築のことについて知らなかった。私がそこで論じたのは、まさに隠喩としての建築であって、建築プロパーとは関係がなかったのです。だから、私は建築家がそれを読むということをまったく予期していなかった。ところが、驚いたことに、この本を、建築家の磯崎新が読んで高く評価してくれた。彼はさらに、アメリカの建築家ピーター・アイゼンマンに私の本を推薦した。その結果、『隠喩としての建築』はMITプレスから、建築論シリーズの最初の本として出版されることになったのです。そのために、私は本を全面的に書き直しました。

また、アイゼンマンたちは、私を一九九〇年代から二〇一〇年毎年、世界各地で開かれた、ANYという名の、建築家の国際会議の常連メンバーに入るように誘ってくれた。この会議に参加することによって、私は内外の多くの建築家と知り合いになった。そこで現代建築について多少の知識を得ましたが、同時にそれまでもっていた幻想を無くしてしまいました。共感できる人に出会わなかったのです。

『隠喩としての建築』において、私は、現実の建築の問題にほとんど触れなかった。取り上げたのは、二人の建築家・理論家の著作だけです。それは、クリストファー・アレグザンダーの「都市はツリーではない」とジェーン・ジェイコブズの『都市の経済学』です。いずれも都市プランニングにかかわっています。では、なぜ私は、隠喩としての建築として、都市プランニングを考えたのか。

それはプラトンに始まる問題にかかわっています。彼は、哲学者をすべての知識を根本的に基礎づける者として建築家になぞらえました。建築architectureとは、テクネー(技術・知)のアルケー(起源あるいは頭領)である、と。その意味で、隠喩としての建築は、プラトンに始まるといっていいわけです。以来、西洋の哲学は、隠喩としての建築に支配されてきました。たとえば、ヨーロッパ中世では、神が世界を創造した建築家であるとみなされた。近代でも建築が隠喩として使われています。デカルトは厳密な「知の建築」を建てることを考えたし、カントはその超越論的な哲学体系を説明するために建築術architectonicという語を用いた。

それに対する批判はあります。たとえば、デリダが形而上学のディコンストラクションというとき、それは建築という隠喩で示されるような知の体系性を壊すことを意味します。実際、一九七〇年代には、隠喩としての建築に代わって、隠喩としてのテクストあるいはテクスチャー(織物)が主要となったのです。こうして、隠喩としての「建築からテクストへ」というシフトが文学批評や哲学におこったのですが、類似したことが建築界でも起こっていました。それはポストモダニズムと呼ばれた。今日人々は、ポストモダニズムという概念が建築界ではじまり、その他の領域に広がったものだということを忘れています。本来、建築におけるポストモダニズムは、「隠喩としての建築」という支配的な観念を批判することを意味したのです。

そこにはつぎのような事情があります。ポストモダニズムに先だって、ミース・ヴァン・デア・ローへやル・コルビュジェに代表されるような建築のモダニストたちが、建築の建築性を追求したのです。たとえば、ル・コルビュジェは、すべての装飾を取り除くことによって、居住するための機械のようなものを構想しました。彼らはプラトン的な隠喩としての建築を極限化したわけです。それに対して、建築に装飾を再導入すること、いいかえれば建築に歴史を再導入することを提唱する人たちが出てきました。彼らによって、建築は、構築物（コンストラクション）というよりむしろ、歴史的な作品からの引用によって織り上げられたテクストとして見なされるようになった。ポストモダニストと名乗ったのは、このような人々です。そして、この語が他の領域にも広がっていったのです。

しかし、私はこのことを、少し違った観点から考えようとしました。たとえば、プラトンが建築家を隠喩として知の棟梁であるとみたとき、どんな建築家を考えていたのでしょうか。彼はアテネの市民らしく、実際の建築あるいは建築家を、手仕事であるがゆえに低く見ていました。だから、その中で、彼が尊敬するに値すると見ていたのは、都市設計者だけです。都市の設計は、個々の建物の設計とちがって、社会総体の設計とつながるものです。したがって、プラトンが理想の国家を哲学者＝王が統治する国家と見たとき、それを示す隠喩として都市設計者をもってきたことは当然だと思います。

哲学者＝王の理念は現代において、別のかたちで生き残っています。たとえば、マルクス・レーニン主義において、目覚めた知識人である前衛党が権力を握り社会を計画的に作り変えるというような観念として残った。逆にいうと、マルクス主義的政治の問題を考えていくと、この哲学者＝王という問題に遡ることになります。それに対する批判はさまざまありますが、プラトンに遡って考えると、それを都市プラニングの問題として見直すことができます。「隠喩としての建築」というとき、私はむしろそのことを考えていたのです。

私がアレグザンダーとジェイコブズに関心をもったのは、彼らが設計・プラニングそのものを根本的に批判していたからです。それ以前にも私は、計画経済への批判、設計主義への批判についてはよく知っていました。しかし、七〇年代にジェイコブズとアレグザンダーの仕事を読んで、とても新鮮に感じたのは、彼らが都市設計の問題に論点を限定しながらも、設計が意図したものに反する結果に終わらざるをえないという仕組みを見事に解明したからです。それは、都市設計のみならず、一般に社会の設計、経済の設計が失敗せざるをえない所以を明らかにするものでした。したがって、彼らの仕事が私の『隠喩としての建築』において最も適切で重要な例となったのです。

まず、彼らの仕事を概観してみます。ジェーン・ジェイコブズは一九五〇年代のニューヨークで推進された都市再開発に真っ向から反対し、市民運動を組織して抵抗した建築ジャーナリストです。その後、彼女はベトナム戦争に反対して、カナダのトロントへ移住しました。

当時、都市の新開発はゾーニング zoning と呼ばれる考えにもとづいていました。それはつぎのようなものです。オフィス街を中心に、さまざまなゾーンに街を分け、郊外に住宅街を作る。それは自動車化（モータリゼーション）によって中央とつながれる。現在、世界のどこでも、都市はジェイコブズが批判したゾーニングとモータリゼーションによって開発・再開発されています。一九五〇年代に彼女はそれを批判したのです。彼女の考えでは、新しい建物と古い建物の混在、住居とオフィスの混在、さまざまな階層や民族の共存こそが、都市の魅力であり活力なのです。つまり、一言でいえば、都市の生命は多様性にある。対照的に、モダンな都市設計は、自然都市のそのような自生的な多様性と複雑さを廃棄してしまう傾向がある、というのです。

一方、アレグザンダーはジェイコブズが都市の多様性について具体的に語ったことを、もっと抽象的に数学的に明らかにしようとした、といってよいでしょう。「都市はツリーではない」という有名なエッセイで、アレグザンダーは、デザイナーやプランナーによって慎重に計画された人工的な都市と対照的に、長い年月の間に生成した都市を「自然都市」と呼びました。人工都市には、自然都市にある本質的な諸要素が欠けている、と彼はいう。多くの都市デザイナーは、自然都市の諸要素を導入することによって、近代的なスタイルの人工都市を生きたものにしようと試みました。しかし、アレグザンダーはいうのです。これまで、そのような試みが失敗したのは、自然都市の内的構造をとらえそこね、たんに自然都市の外見やイメージを真似ただけだからだ、と。

ジェイコブズによれば、都市が多様になるための条件の一つは、一つの場所が一つ以上の機能を果たすことです。それに対して、人工的な都市では、一つの場所は一つの機能しか果たさない。住宅地域は住居のためにあり、街路はたんに通り過ぎるためにあります。これは、アレグザンダーの観点からいえば、「ツリー構造」になっているといえます。それと対照的に、自然都市はもっと複雑な構造をもつ。たとえば、子供はしばしば公園の中でよりも街路で遊びたがる。街路が遊び場ともなるとき、それは複数の機能を果たすことになるのです。

アレグザンダーは、人工都市はツリー構造であり、自然都市はセミ・ラティス構造であるという。これは数学的な構造の把握であるから、他のケースにも応用できます。たとえば、それは組織機構についてもあてはまります。軍隊や官僚機構はツリーであり、上位組織を介さない横断的交通は許されない。しかし、厳密にツリー的なのは、スパイ組織や地下組織だけです。実際には、ツリー構造は変容されるのです。官僚組織も、現実に機能しているところでは、しばしば、上位組織を経ることなく、横断的につながるので、セミ・ラティス構造に近くなります。

アレグザンダーによれば、もしツリーが厳密に守られると、組織も都市も荒廃せざるをえない、人工都市ブラジリアがその典型ですが、現代の都市設計は、本質的にそのような方向をたどっている、と彼はいいます。《いかなる組織においても、極度の細分化と内的な要素の解離は、崩壊が近いことを示すものだ。社会においては、解離はアナーキーであり、個人においては、解離は分裂病と差し迫った自殺の徴候である》。

以後、私は長い間、そのことについて考えませんでした。再びそれについて考えるようになったのは、一九九〇年以後、ANYの会議に参加するようになってからです。しかし、それはそこで、そのことが話題になったからではありません。その逆です。建築家たちはジェイコブズやアレグザンダーがおこなったような都市プランニング批判にもはや興味をもたないようにみえました。

確かに、人々は都市プランニングに興味をなくしました。ソ連邦の崩壊以後、社会的なプランニング一般への関心が失われたのです。たとえば、ソ連がおこなってきたような計画経済の考えは完全に否定された。さらに、資本主義国家においても、福祉などの国家による介入を極力否定し、市場に任せようという風潮が強くなった。要するに、ネオリベラリズム、資本主義グローバル化の勝利が、プランニングという観念を過去のものにしてしまったのです。

2

しかし、私はあらためてこの問題を考えたい。というのは、ジェイコブズやアレグザンダーが提起した都市プラニングの問題は、何も片づいていないからです。それを再考するにあたって、注意しておきたいのは、彼らが批判した都市プラニングは、現代都市の資本主義的な開発とはまた別のものだということです。確かに、ジェイコブズは、都市の資本主義的な開発に反対でした。そして、都市の再開発やハイウェイ建設などは、自動車産業や土建業者のために推進されているだけである、と批判した。しかし、彼女が疑ったのはむしろ、それと反対に見える理想主義的なプラニングのほうです。すなわち、資本主義的な都市開発を制御し、より人間的な都市を作ろうとする意志によって生まれた都市設計のほうなのです。

ジェイコブズによれば、それはまず、イギリスのエベネザー・ハワード(一八五〇―一九二八)による田園都市の構想に始まった。これは人口三～五万程度の限定された規模の、自律した職住近接型の都市を郊外に建設しようとするものです。そこでは住宅は公園や森に囲まれ、農作業などをするスペースもある。豊かな者や貧しい者のための賃貸住宅があります。しかし、これは、人々の多様な要素が混在する都市ではなく、いわば「タウン」

です。その意味で、田園都市は、住宅地と商業地を区分するゾーニングという考えにつながっています。

つぎに、ル・コルビュジェの「輝く都市」(*La Ville Radieuse*)は、田園都市を批判し、高層建築と緑地公園という現代都市を目指すものです。しかし、それは田園都市を否定するものの、実はそれと類似した考えにもとづいている、とジェイコブズはいうのです。輝く都市とはいわば垂直的な田園都市である。多様な要素が混在し、刺激し合い、活気をもたらすような自然都市は、輝く都市では消えてしまう。と。

大事なのは、こうした人工都市あるいは都市設計が、資本主義的な都市の発展に対して批判的であり、それをより人間的なものにしようとする意志にもとづいていたことです。ジェイコブズらが示したのは、そのようなユートピア的な都市がディストピア的なものに帰結するということでした。とはいえ、ジェイコブズらのプラニング批判は、プラニングを一切否定するものではありません。彼らもある意味で、プラニングを提起しているのです。もしハワードやル・コルビュジェにユートピア主義があるとしたら、それらを批判するジェイコブズやアレグザンダーにも、別のタイプのユートピア主義あるいは設計主義があります。

そのことは、アレグザンダーがその後に提起した「パターン・ランゲエージ」という概念にも示されます。「パターン・ランゲエージ」とは、どんな人でも自分の家を設計して建てられるように、建築物を構成するパーツを分類したものです。この本があれば、クライアントは、自分の望むことを表現できるし、発展させることができる。しかし、これは建築家が不要だということを意味するだろうか。そうではありません。そもそも、パーツを用意するのは建築家ですから。アレグザンダーがいいたいのはただ、建築家が建築の唯一の源泉であるとみなす考えを否定することです。そこに生きる人々も建築を創り出す。

都市設計に関しても同じことがいえるでしょう。自然都市といっても、何の計画もなしにできあがるのではありません。一定の設計が必要です。それがなければ、都市はたんにカオス的になるから。しかし、ジェイコブズが提案するのは、都市全体を計画することではありません。むしろ、そのような計画を制限することです。

たとえば、彼女はそのために必要な、最小限の四条件をあげています。その中で二つをあげると、一つは、街路のブロックを短くして、曲がり角を多くすることです。人が頻繁に街角を曲がることで、人々がより多く出会い、活気や多様性が生み出される。このような設計条件は、それによって、人々が自然に多様な構造を作り上げるためになされるのです。もう一つの条件は、古い建物と新しい建物を併存させることです。これは、都市の再開発を制限するものです。古い建物が保存されるからです。しかし、このような条件づけによって、都市は「人工的な都市」とは違った、多様性と活力をもつようになります。

くりかえすと、ジェイコブズやアレグザンダーは、ユートピア志向やプラニングを一般的に斥けたのではありません。彼らがモダニストのユートピア的都市プラニングを批判したのは、自身がユートピアを志向したからです。

3

先に、私は、一九九〇年、ソ連の崩壊後、人々は都市設計に興味をなくしたと述べました。そして、ネオリベラリズム、資本主義グローバル化の勝利が、プラニングという観念を過去のものにしてしまった、と。しかし、このとき、古いタイプのユートピア主義（設計主義）が没落しただけではありません。それに対抗するようなユートピア主義も消えてしまったのです。残ったのは、資本主義的な観点から考えられた都市計画だけです。ポストモダニズムがそれに抵抗することはなかった。ただ、それをアイロニカルに肯定するだけでした。私が九〇年代、建築家らとの会議で、徐々に不愉快になっていったのは、そのためです。

私がいいたいのは、われわれはあらためて、ユートピア主義を必要とするということです。それはむろん、モダニスト的あるいは国家的な社会設計のようなものではありません。ジェイコブズやアレグザンダーが都市プラニング批判として開示したようなユートピア主義です。たとえば、ジェイコブズは特にプランを提示したわけではなかったが、彼女の批判が現実にプランをもたらしたと、私は考えます。

その一例をここであげます。私は二〇〇八年の秋、カナダのトロント大学に講演に行きました。そのとき、私はジェイコブズのことをまったく意識しなかった。というのも、私の講演は建築や都市論とは関係がなかったからです。私は、彼女が六〇年代末にベトナム戦争に反対しカナダに移住したこと、二〇〇六年に八九歳で死去するまで、トロントの都市開発にかんして、批評家＝活動家として重要な役割を果たしたことなどをよく知っていました。しかし、トロントにいる間、なぜか私は、ジェイコブズのことを考えなかった。彼女のことを思い出したのは、そのあと、ニューヨーク大学バッファロー分校に講演に行ったときです。別の国とはいえ、車で二時間ほどの距離ですが。

トロント市はナイアガラの滝のそばにあるカナダの都市で、バッファローはその滝の向こう側にある米国の都市です。どちらも、オンタリオ湖沿岸の工業都市として発展してきた町です。おそらく、彼女が移民する一九七〇年まで、この二つの都市にはあまり違いがなかったでしょう。しかし、私が気づいたのは、現在、カナダ側のトロントが活気に満ち産業的にも発展しているのに、アメリカ側のバッファローが衰退し荒廃していることです。

もちろん、それは、トロントが、米国でいえばニューヨークに対応する中心的な都市であり、バッファローは米国の地方都市であるからにすぎない、ということもできるでしょう。しかし、私はこの原因の一つは、都市プラニングの差にあると思うのです。

トロントの町の中心は市庁舎、オンタリオ州議会議事堂その他の公的な建物です。しかし、その横には大学があります。さらに隣接して中華街があり、またダウンタウンがすぐ近くにある。ダウンタウンでは地下街が広がっていて、地上に出る必要がない。真冬はここで過ごすことができます。さらに、地下鉄があるだけでなく、路面電車も走っている。以上の事実は、トロントでは、ゾーニングとモータリゼーションの考えが斥けられていることを示しています。

一方、バッファローではゾーニングが完全に実行されています。たとえば、地下鉄がない。地下鉄を作ると、車をもたない貧民が到来することを恐れた富裕・中産階級の人たちが導入に反対したからです。大学は郊外にあります。ダウンタウンには物騒なスラムがある。これはアメリカの都市の典型です。ゾーニングによって都市開発をしたところには、どこでもこのような現象があらわれるといえます。

昔のハリウッド映画を見ればわかるように、一九三〇年代にロサンジェルスでは、路面電車が縦横に走っていました。しかし、今は車がなければやっていけない。一方、ジェイコブズが活動したニューヨークでは、今も地下鉄が普及していて、車なしでもやっていけます。もちろん、このことは、ジェイコブズ一人のおかげではなく、住民たちの社会的な活動の結果です。しかし、都市開発に対する明確な理論的認識と実践的な行動力をもった彼女がいなかったら、ニューヨークはロサンジェルスのようになっていたでしょう。また、彼女がトロントに移住して運動をしなかったら、トロントはバッファローのようになっていたでしょう。

私がジェイコブズのことをバッファローで思い出したのは、そのためです。くりかえすと、ジェイコブズはニューヨークでもトロントでも、当局や企業の設計に反対しただけで、自身は何も設計していません。彼女が要求したのは、先に述べたミニマルな四つの条件を満たすことだけです。だが、それによって、トロントという都市が自然都市として生成することが可能になったといえるのです。

私は一人の理論家あるいは批評家がいただけで、これだけの違いが出てくるということに感銘を受けました。ここにこそ、建築がある。そして、建築への意志がある、と思った。私はそれを建築家、建築家志望者に伝えたい。もちろん、それは、建築家ではない私にも希望を与えるものでした。この意味での「建築への意志」を、われわれはけっして捨ててはならないと思います。

日本人はなぜデモをしないのか

I

今日話したいのは、「日本人はなぜデモをしないのか」という問題です。また、それを通して、現在の日本の社会がどういうものなのかを考えたいと思います。

二〇〇三年にイラク戦争が始まったとき、私はアメリカのロサンゼルスにいました。日本の知り合いから、「アメリカは今ひどくなっているけれども大丈夫ですか」というeメールが来ました。実際に反戦を言っていた人が殺された事件があり、それが日本で報道されたようです。しかし、教えている大学の中でも外でも毎日デモがあったし、全米にデモがあった。その当時、日本では、アメリカで戦争反対運動がまるでないかのように報道していましたが、それはまちがいです。つぎの大統領選挙では、誰であれ、イラク戦争を支持した候補者は勝てない、と考えられるようになっていました。実際、オバマが大統領選挙に圧倒的に勝利したわけです。

だから、「大丈夫ですか」といわれても、私はむしろ日本こそ大丈夫なのかと心配になったのです。当時、ブッシュを支持したブレア首相のいたイギリスをはじめ、ヨーロッパ各国で、巨大な抗議デモがあり、それが報道されていました。アジア諸国、韓国やインドでもあった。ところが、日本にはほとんどなかったように見えます。日本が戦後の憲法、それにもとづいてきた方針に反して、はじめて海外に派兵したということが注目を集めていた時期ですから、街頭での反対運動がほとんどないということは、外から見れば、不気味でした。実際には、日本にも沖縄を始めデモがあったのですが、それは外からはまったく目立たない程度であったというほかありません。

日本ではある時期から、選挙で決めるのだから、デモによって政策を変えるのは、民主主義ではない、という理屈が通ってきました。議会制民主主義が確立していない国では、デモのような行動で事が決まる。先進国ではそんなことはない、というのです。これは一九六〇年の安保闘争のころに出てきた議論です。しかし、久野収はかつて、議会制民主主義は、議会の外の活動なしには機能しないということを強調しました。ヨーロッパ諸国のように、議会制民主主義を保持する国でも、デモは盛んです。ところが、日本には、それがほとんどないに等しい。なぜだろうか。

街頭でのデモ（示威行進）は古いからだ、という人たちがいます。また、インターネットなどの普及で、さまざまな抗議の手段が増えたという人たちがいます。たしかに市街戦や武装デモはもうありませんが、古典的なデモは今も西洋で存在しています。いかに非能率的に見えようと、それはやはり効果がある。実際、アメリカでイラク戦争反対の大きなデモがあったことが、今日のイラク戦争批判に結実したのです。しかし、日本ではデモがほとんどなかった。そして今でも、アメリカのイラク戦争に真っ先に支援を申し出た小泉政権への批判は、日本のメディアの中にはまるで存在しません。そのくせ、オバマの勝利を歓迎し、アメリカの民主主義を称賛しています。

したがって、日本にデモがないのは、インターネットが発達したせいではありません。たとえば、韓国では日本よりもはるかにインターネットが普及しており、盧武鉉が当選したときの大統領選では、インターネットのおかげで勝てたと聞きました。つまり、韓国では、インターネットはデモの宣伝や連絡手段として役立っていますが、日本ではむしろその逆です。人々はウェブ上に意見を書き込んだだけで、すでに何か行動した気になり、デモには行かない。だから、インターネットやメディアの変化のせいでこうなったとはいえません。

話題を二〇〇三年の時点に戻しますが、外から見ると、日本のこの静けさ、政治的無活動性は異様である。日本は専制国家ではない。しかし、専制国家と似た抑圧があるようにみえるのです。それは、日本が監視社会になっているということとはまた別の話です。たとえば、フランスの思想家ジル・ドゥルーズはフランスやアメリカに関して監視社会の到来を予測しました。事実、その通りになっているのですが、フランスやアメリカにはデモがあります。日本にはない。ゆえに、日本の状態は、監視社会あるいは管理社会といったことで説明できないのです。では、どうしてそうなのか。私はその原因を考えなければならない、と思いました。

そのとき、私は、昔読んで気になっていたことを思い出したのです。たとえば、和辻哲郎は『風土』(一九三五年)で、一九二〇年代前半、ドイツに留学していたときに経験したことを次のように回想しています。ドイツでは共産党と国粋党のデモが盛んにあったが、それに対する人々の反応が日本とはまったく違っていた。

共産党の示威運動の日に一つの窓から赤旗がつるされ、国粋党の示威運動の日に隣の窓から帝国旗がつるされるというような明白な態度決定の表示、あるいは示威運動に際して常に喜んで一兵卒として参与することを公共人としての義務とするごとき覚悟、それらはデモクラシーに欠くべからざるものである。しかるに日本では、民衆の間にかかる関心が存しない。そうして政治はただ支配欲に動く人の専門の職業に化した。ことに著しいことは、無産大衆の運動と呼ばれているものが、ただ「指導者」たちの群れの運動であって指導せられるものをほとんどあるいはまれにしか含んでいないという珍しい現象である。もとよりそれはこの運動が空虚であることを示すのではない、しかし日本の民衆があたかもその公園を荒らす時の態度に示しているように、公共的なるものを「よそのもの」として感じていること、従って経済制度の変革というごとき公共的な問題に衷心よりの関心を持たないこと、関心はただその「家」の内部の生活をより豊富にし得ることにのみかかっているのであることは、ここに明らかに示されていると思う。

（『風土』）

私がこのような発言を覚えているのは、昔読んで意外に思ったからです。それは、和辻は保守的な思想家であり、反西洋的な思想家だと思っていたからです。そして、この発言を思い出したのは、彼が指摘したような現象は、その後もさほど変わっていないと思うようになったからです。和辻が書いているのは、一九二〇年代前半のドイツで、ナチも共産党もともに少数派であった時代です。しかし、私が驚くのは、彼がその時代のドイツと日本について述べたことが、現在にもある程度妥当するということです。

私は一九六〇年に大学に入学したので、六〇年安保闘争に参加しました。安保闘争というと、全学連のような学生運動が中心だったように見られますが、百万人以上の人がデモに参加していた。あらゆる階層、グループの人たちが参加していた。この当時、私は、デモに行くのは当たり前だと思っていましたが、日本の歴史において、それほど多数の人間がデモに行った例はないのです。それに感銘を受けた丸山眞男とか久野収といった人たちは、やっと日本に市民社会が成立した、ということを書いていました。一方、私のような学生は、つまらんことを言ってやがるな、という感じでそれを見ていました。そういう考え方を、進歩主義、近代主義として馬鹿にする感じがありました。そして、丸山眞男のような知識人を馬鹿にするその傾向は以後もつづき、全共闘と言われる一九六〇年代の終わりごろの運動の時期に、それが頂点に達した。

しかし、その時点ではすでに、六〇年にあったような膨大な一般市民のデモはなかったのです。学生や新左翼の活動家が主であり、さらに、運動が減退するにつれて、デモの参加者は限定されていきました。それと同時に、デモが暴力的になりました。一般の人が行けるようなデモではなくなった。和辻の言葉でいえば、「指導者たちの群れの運動」しかなくなってしまったのです。その意味では、新左翼の過激なデモが、ありふれた市民のデモを抑圧してしまったといえます。しかし、ありふれた市民のデモが存在しないからこそ、デモが過激化したということもできる。この二つは相関的、相補的であると思います。

とにかく、和辻が七十年ほどまえに書いたことが、今でも当てはまる。昭和の初期からさほど変わっていないようにみえる。だから、このことを資本主義の発展による変化、大衆社会や情報社会の変化のせいにすることはできません。仮にそうだとしても、これは、そのような様相をどこよりも顕著に示すのが日本なのです。それはなぜなのか。

2

和辻哲郎がデモのことを例にとったのは、日本における、「公共性への無関心」ということをいいたかったからですね。彼はその原因を、つぎのような点に求めています。簡単にいうと、西洋においては、個人が城壁によって外界から区切られた都市共同体の中ではぐくまれるのに対して、日本では、個人は「家」の中にあり、公共性に対して無関心である、ということです。西洋においては、家の中でも、人は私的ではない。私的なのは部屋の中だけであって、廊下は公的である。ゆえに、部屋に鍵がかけられる。それに対して、日本人は、垣根に囲まれた家の中に住む。

城壁の内部においては、人々は共同の敵に対して団結し、共同の力をもっておのれが生命を護った。共同を危うくすることは隣人のみならずおのが生存をも危うくすることであった。そこで共同が生活の基調としてそのあらゆる生活の仕方を規定した。義務の意識はあらゆる道徳的意識の最も前面に立つものとなった。とともに、個人を埋没しようとするこの共同が強く個人性を覚醒させ、個人の権利はその義務の半面として同じく意識の前面に立つに至った。だから「城壁」と「鍵」とは、この生活様式の象徴である。

(『風土』)

「家」を守る日本人にとっては領主が誰に代わろうとも、ただ彼の家を脅やかさない限り痛痒を感じない問題であった。よしまた脅やかされても、その脅威は忍従によって防ぎ得るものであった。すなわちいかに奴隷的な労働を強いられても、それは彼から「家」の内部におけるへだてなき生活をさえ奪い去るごときものではなかった。それに対して城壁の内部における生活は、脅威への忍従が人から一切を奪い去ることを意味するがゆえに、ただ共同によって争闘的に防ぐほか道のないものであった。だから前者においては公共的なるものへの無関心を伴った忍従が発達し、後者においては公共的なるものへの強い関心関与とともに自己の主張の尊重が発達した。デモクラシーは後者において真に可能となるのである。議員の選挙がそこで初めて意義を持ち得るのみならず、総じて民衆の「輿論」なるものがそこに初めて存立する。(同前)

和辻は、日本人が公共的なものに無関心であり、その意味で「私的」であるというのです。私的ということと、個人的ということとは別です。西洋の場合、公共的なものへの関心が、逆に、個人性を強くする。一方、日本では、個人が弱い。日本ではよく、個性を尊重せよといわれますが、それは私的なものを重視するということです。したがって、個人としては弱い。

自由都市とか市民社会というと、個人から考えることになりがちです。しかし、ヨーロッパの都市は、ギルドや同業組合のような集団から成り立っています。要するに、都市というのは、たくさんの個人が集まったのではなく、同業組合のような集団の連合体としてあったのです。そのような連合体、ネットワークの総体が都市です。個人はその中に育つ。だから、公共性に対して無関心な個人などありえないのです。

ついでにいうと、和辻は日本を西洋と比較しているだけではなく、中国とも比較しています。彼の考えでは、中国の社会は、民間の同郷団体の連合としてある。国家はその表層にある、官僚組織にすぎない。《シナの民衆は国家の力を借りることなくただ同郷団体の活用によってこの広範囲の交易を巧みに処理して行った。従って無政府的な性格はその経済的統一の邪魔にはならなかったのである。シナの国家と言われるものはこういう民衆の上にのっている官僚組織なのであって、国民の国家的組織ではなかった》。

もちろん今の中国はだいぶ変わりましたが、ある点では、基本的に変わっていないと思います。たとえば、現在の中国は共産党による強力な国家的統制にもとづいているようにみえますが、その経済的な強さはむしろ、客家・華僑など国家の力によらない世界的なネットワークによるのです。中国を見るときに、この両義性に注意する必要があります。日本とは違います。

3

実は、最近、今述べたのと同じことを指摘している人がいます。宮崎学の『法と掟と』という本です。宮崎はここで、「個別社会」ということを言っています。社会学では部分社会と全体社会という区別がありますが、宮崎は部分社会の方をとくに個別社会と呼んでいます。部分社会といっても、全体を構成する一部ではなく、むしろ全体社会から独立し且つ抵抗するような部分社会を、特に個別社会と呼ぶわけです。

たとえば政治学などでは、習俗とか村落など、国家と個人とのあいだに実在するさまざまな集団を、中間団体あるいは中間勢力といいます。この中間団体、中間勢力というのは、モンテスキューの考えなのですが、宮崎のいう個別社会は、それとほぼ同じ意味です。ただ、宮崎学の独自な認識は、全体社会と個別社会を、法と掟という観点から区別したことにあります。

たとえば、村の共同体でもいいし、宮崎が例にとるヤクザの組織でもいいのですが、個別社会には、その中で共有されている規範があります。それを掟と呼ぶことにします。掟は、法のように明文化されていないし罰則もないけれども、人はめったにそれを破らない。掟で禁じられていることをやれば、いわば村八分にされるからです。一方、法というのは、個別社会の外で、もはや掟が通用しないようなところに成立します。たとえば、国民国家のように抽象的な「全体社会」の中で共有されている規範は、掟ではなく、法です。たとえば、家のなかでどんなに暴力沙汰になっても、警察を呼ぶことはめったにありませんね。なんとか家庭のなかで、あるいは親戚や知り合いの間で解決する。そして、それではどうにもならなくなれば警察が呼ばれる、つまり、法が出てくるわけです。いずれも共同の規範なのですが、この点で、個別社会の掟と全体社会の法とは違っています。

ところで、宮崎学によると、日本の社会ではそういう区別が成り立たない。掟をもった自治的な個別社会が稀薄だからだ、と彼はいう。その原因は、日本が明治以降、封建時代にあった自治的な個別社会を全面的に解体して、人をすべて全体社会に吸収して、急速な近代化を遂げたことにある。それに対してヨーロッパでは、近代化は自治都市、協同組合、ギルドその他のアソシエーションが強化されるかたちで徐々に起こった。「社会」というのはそういう個別社会のネットワークを指すわけです。それが国家と区別されるのは当然です。

ところが日本では、個別社会が弱いために、社会がそのまま国家である。さらに、日本を支配しているのは、国家でも法でもなくて、正体不明の「世間」であると、宮崎学はいうのです。日本は、自律性をもった個別社会を解体したために、国民国家と産業資本主義の急激な形成に成功はしたけれども、それは今やグローバリゼーションの下では通用しなくなっている。それに対して中国では、個別社会——幇（パン）や親族組織——が強く、それが国民（ネーション）の形成を妨げてきた。そのために、中国の近代化は遅れた。しかし、中国には、国境を越えた個別社会のネットワークがある。逆に、今日のグローバル資本主義経済の下では、それが強みとなっている。一方、日本にはそれがないということが、弱みとなりつつある、と宮崎学は考察しています。

4

すでに明らかでしょうが、今述べた宮崎学の考えは、まさに和辻が述べたことと重なるのです。また、宮崎は日本の特徴を、明治以後、封建時代にあった自治的な個別社会を全面的に解体してしまったことに由来するというのですが、これは、実は丸山眞男が考えていたことと同じことになります。丸山眞男は、個別社会という言葉を使いませんが、それと同じものを「自主的集団」と呼んだり、モンテスキューから借りて、「中間勢力」と呼んでいます。そのことについては、あとで説明しますが、ここでいっておきたいのは、つぎのことです。丸山眞男は、近代主義者、市民主義者、そして、進歩的知識人の典型とみなされて、やっつけられてきました。しかし、彼がいっているのは、必ずしも「進歩主義的」ではないのです。たとえば、彼は、西洋において「学問の自由」という伝統を作ったのは、進歩派ではなく、古い勢力、中間勢力だといっています。

国家権力の前に平等にひれ伏す臣民の造出が、ほとんど抵抗らしい抵抗をみないで成功したことの背景には、むろん、教育権を国家がいち早く独占したことが大きな意味をもっております。国家が国民の義務教育をやるということは、今日近代国家の常識になっておりますが、この制度が、日本ほど無造作に、スムーズに行われた国は珍しいのであります。なぜかといえば、ヨーロッパでは、教会という非常に大きな歴史的存在が、国家と個人との間にあって、これが自主的集団といわれるもの、つまり、国家によって作られた集団ではなく、権力から独立した集団のいわゆる模範になっております。この教会が、教育を伝統的に管理していた。そこでこの教会と国家との間に、教育権をめぐって非常に大きな争いをどこの国でも経験している。ところが日本では、徳川時代からすでに、たとえば仏教のお寺は完全に行政機構の末端になっておった。つまり日本では、寺院がすでに自主的な集団ではなくなっておった。ですから寺子屋教育を国家教育にきりかえることは、きわめて容易だったわけです。そのほか、ヨーロッパでは、自治都市や地方のコンミューンがやはり国家権力の万能化に対するとりでとなり、自主的楽園《ユートピア》の伝統をつくる働きをしましたが、この点でも、日本では、都市はほとんど行政都市でしたし、また徳川時代の村にわずかに残った自治も、町村制によって、完全に官治行政の末端に包みこまれてしまったので、中央集権国家ができ上がると、国家に対抗する自主的集団というものはほとんどなく、その点でも、自由なき平等化、帝国臣民的な画一化が、非常に早く進行しえたわけです。(「思想と政治」『丸山眞男集　第七巻』一二八―一二九頁)

日本では個別社会が弱い、中間勢力が弱い、それが中央集権化を可能にした。しかし、同時に、それが個人を弱くした、ということです。もちろん、それは個人主義がまったくないということを意味するのではありません。たとえば、和辻がいったのは、つぎのことです。近代日本に個人がないのでない。ただ、その個人は家の中にしか関心をもたない。公共的関心をもたない、ということです。つまり、そのような個人は「私的」なのです。

1 民主化 democratization	*2* 自立化 individualization
4 原子化 atomization	*3* 私化 privatization

しかし、この点についても、丸山眞男は深い洞察を示しています(「個人析出のさまざまなパターン」『丸山眞男集　第九巻』)。彼は伝統的な社会(共同体)から個人が析出される(individuation)際のパターンを、上図のようなマトリックスで考察しました。それは、近代化とともに生じる個人の社会に対する態度を、結社形成的 associative と非結社形成的

dissociative というタテ軸と、政治的権威に対する求心的な centripetal 態度と遠心的な centrifugal な態度というヨコ軸による座標において見るものです。その結果、図のように、四つのタイプが考えられる。

簡単に言うと、①の民主化した個人のタイプというのは、集団的な政治活動に参加するタイプです。そして②の自立化した個人のタイプというのは、集団的な政治活動からは自立する。しかし同時に、結社形成的である。つまり、政治を拒否しているわけではなく、いざとなれば、参加するけれども、ふだんは特別に政治的な活動はしないというようなタイプですね。したがって、①の方はだいたい中央権力を通した改革を志向するけれども、②の方は市民的自由の制度的保障に関心を持ち、地方自治に熱心である、ということになります。

つぎに、③は私化したタイプで、これは①の民主化タイプの反対ですが、②とも違います。③はいわば、政治活動を一切拒否して、私的な世界に立てこもるというようなタイプです。つまり和辻の言葉で言えば、垣根の内側にしか関心がない。文学でいうと、これは「私小説」ですね。

つぎに、④の原子化した個人は、③と同様に、政治的・集団的なものから切り離されたあり方ですが、③と違って、私的な核もなく、大衆社会の流れのままに浮動するような個人です。丸山眞男はこう書いています。私化した個人は、原子化した個人と似ている（政治的に無関心である）が、前者では、関心が私的な事柄に局限される。後者では、浮動的である。前者は社会的実践からの隠遁であり、後者は逃走的である。この隠遁性向は、社会制度の官僚制化の発展に対応する。《原子化した個人は、ふつう公共の問題に対して無関心であるが、往々ほかならぬこの無関心が突如としてファナティックな政治参加に転化することがある。孤独と不安を逃れようと焦るまさにそのゆえに、このタイプは権威主義リーダーシップに全面的に帰依し、また国民共同体・人種文化の永遠不滅性といった観念に表現される神秘的「全体」のうちに没入する傾向をもつのである》（同前三八五頁）。

つまり、私化した個人のタイプは政治参加しないが、原子化した個人のタイプは、「過政治化と完全な無関心」の間を往復する。これは大衆社会における個人のあり方です。丸山眞男が念頭においているのは、ファシズムに吸収された大衆のことですね。

ここで、先に和辻が考察したことを丸山の図式にもとづいて見直すと、つぎのようになります。和辻がいう「城壁」の中で公共性のための共同的闘争と同時に生じてくる個人とは、自立化する個人のタイプ②であり、「家」の中にあってその外に無関心であるような個人とは、私化する個人のタイプ③である。しかし、西洋の市民社会でも、一九世紀になると③のタイプが出てきますし、二〇世紀になって大衆社会化してくると、④のタイプが出てきます。実際、和辻がドイツから帰国した後に、ナチが政権を握ったのです。

もちろん丸山眞男は、この四つのタイプの人間がいると言っているわけではありません。

ある人間が全面的に一つの型であるということはない。生涯を通じて変わらないということもない。いろいろな要素を同時に持っているのです。それから、社会も一つのタイプだけではない。複数のタイプがどの社会にもある。ただ、どの要素が支配的であるかということで、違いが出てくるのです。

丸山によれば、一般的に、近代化が内発的でゆっくり生じる場合、②と③の分布が多くなり、他方、後進国の近代化においては、①と④の分布が多くなる。また、一般的に、資本主義経済が浸透し、大衆社会化するにつれて、④が強くなる。日本を含めた「後進国」の近代化の場合、①の傾向が強いということはわかります。韓国などもそうですね。そして、現在の韓国では、②と③、さらに、④の傾向が強く出てきています。しかし、まだまだ、②が強いといえます。

一方、日本に特徴的なことは、②の要素が弱く、③と④の傾向が強いということです。つまり、自立化する個人のタイプが少なく、私化する個人のタイプが多い。日本では、個人主義的である場合、私化します。つまり、タイプ③になるので、公共的な政治参加には向かわない。日本では、資本主義的発展がさほど進んでいない段階から、つとに「大衆社会」現象が見られました。つまり、④の要素が強かった、ということです。

5

では、なぜそうなのか。別の論文で、丸山眞男はつぎのように指摘しています。

日本における統一国家の形成と資本の本源的蓄積の強行が、国際的圧力に急速に対処し「とつ国におとらぬ国」になすために驚くべき超速度で行われ、それがそのまま息つく暇もない近代化——末端の行政村に至るまでの官僚制支配の貫徹と、軽工業及び巨大軍需工業を機軸とする産業革命の遂行——にひきつがれていったことはのべるまでもないが、その社会的秘密の一つは、自主的特権に依拠する封建的＝身分的中間勢力の抵抗の脆さであった。明治政府が帝国議会開設にさきだって華族制度をあらためて創設（作られた貴族制というのは本来形容矛盾である）しなければならなかった皮肉からも、ヨーロッパに見られたような社会的栄誉をになう強靭な貴族的伝統や、自治都市、特権ギルド、不入権をもつ寺院など、国家権力にたいする社会的なバリケードがいかに本来脆弱であったかがわかる。前述した「立身出世」の社会的流動性がきわめて早期に成立したのはそのためである。政治・経済・文化あらゆる面で近代日本は成り上り社会であり（支配層自身が多く成り上りで構成されていた）、民主化を伴わぬ「大衆化」現象もテクノ

ロジーの普及とともに比較的早くから顕著になった。(『日本の思想』岩波新書)

日本の近代化の速さの秘密は、封建的＝身分的中間勢力の抵抗が脆いところにある、というのです。これは先ほど述べたように、明治日本において、国家が教育の権利をやすやすと握ったということとつながっています。それが可能だったのは、徳川体制の下で、仏教団体がたんなる行政機関になっていたからですね。彼らは一六世紀末に転向し、国家に屈服したのです。それは同時に、自由都市(堺は一向宗、京都は法華宗)が崩壊したのと同じことです。日本にも存在した都市(市民社会)は、この時に解体されたといってもいいと思います。ただ、京都や大阪にはこの当時の市民社会の伝統が多少残っているといえます。

ヨーロッパだけでなく、アラビアでもインドでもどこでも、中間勢力が存在し、近代国家の集権化に抵抗しています。現在なら、アフガニスタンやイラクを見ればよいと思います。イスラム教の諸派が国家から自立し、また、それを通して、諸部族が自立している。これを国民国家として統合するのは容易ではありません。

丸山眞男が進歩的啓蒙派であるといわれるのに、封建的というべき旧勢力の抵抗を不可欠なものとして重視しているのは、不思議にみえるけれども、モンテスキューの考えを知っていれば、驚くことはないのです。モンテスキューは、フランス革命より前の人で、ルソーとよく比べられます。ルソーはまさにブルジョア（市民）革命の人ですが、モンテスキューはいわば貴族（封建領主）階級を代表する人です。ただ、ルソーにはないような重要な認識をもっていました。

一般に、共和政治・君主政治・専制政治という政体が区別されるのですが、モンテスキューの考えでは、そんな区別は重要ではない。君主制は、権力を拘束しうる中間勢力（貴族、聖職者など）が存在しないと、専制政治になる。その点では、共和制も同じである。実際、フランス革命から出てきた「恐怖政治」がそれを証明しています。一方、専制体制を阻止するのは、中間団体・中間勢力である。モンテスキューは、それを貴族や教会に求めました。いいかえれば、その当時、啓蒙派によって前代の遺物として非難されていたものにこそ、専制政治を妨げる鍵を見出したわけです。

今までのべたことをまとめると、つぎのようになります。日本では、個別社会・中間勢力がなかったために、つまり、社会的次元の抵抗がなかったために、統一国家の形成が速く、産業化も速かった。しかし、われわれは、そのツケを別のかたちで支払わなければならなくなる、ということです。

6

丸山眞男は、明治以後におこった日本の現象を、この図式で考察しました。個人化が、私化になるということは、小説でいえば、私小説です。日本の批評家は私小説を批判してこういってきました。それは西洋の小説を誤解し矮小化するものだ、と。しかし、それはたんなる誤解ではないのです。先の図でいえば、西洋の近代小説が②にもとづいているのに、日本では②のベースがなく、ただちに③になってしまったのです。

私小説の基盤である「私化」を斥けたのは、昭和初期に風靡したマルクス主義（文学）です。小林秀雄はつぎのように書きました。《マルクシズム文学が輸入されるに至って、作家等の日常生活に対する反抗ははじめて決定的なものとなった。輸入されたものは文学的技法ではなく、社会的思想であったという事は、言って見れば当り前の事の様だが、作家の個人的技法のうちに解消し難い絶対的な普遍的な姿で、思想というものが文壇に輸入されたという事は、わが国近代小説が遭遇した新事件だったのであって、この事件の新しさということを置いて、つづいて起った文学界の混乱を説明し難いのである》（「私小説論」一九三五年）。

つまり、マルクス主義が③から①への転回をもたらした。しかし、それは一時的なものでした。まもなくマルクス主義者は弾圧されてほとんど転向したのですが、そのとき、②よりもむしろ、大半が③ないし④に向かった。すなわち、私小説や大衆小説に向かったのです。第二次大戦後においては、①が復活しました。知識人の間で、共産党が支配的となったからです。それは③だけでなく、②も否定するものでした。それに対しては、戦後文学者が抵抗したと思います。彼らは戦争期には、①から②に向かった人たちです。戦後、彼らは一方では、①のような共産党の運動に抵抗すると同時に、他方で、私小説、つまり、③に閉じこもることにも抵抗した。こうした両義性が一九六〇年まで存在したのです。それが日本の「戦後文学」の特徴です。

なぜ一九六〇年か、といえば、それまで支配的であった共産党の権威が消滅したからです。いいかえれば、①が否定されるようになった。一九六〇年代以後の新左翼は、個人の契機を重視する。つまり、②のような形態が主流になったわけです。ところが、一九七〇年以後、運動が①として過激化するとともに、その挫折から、③に向かう傾向が強まった。さらに、そこから②に向かうより、④に向かうようになった。つまり、大衆社会・消費社会の個人と、それを代表する文化に向かったのです。

以来、現在にいたるまで、③と④が支配的です。つまり、私的であるか、原子的である。しかし、これを、大衆社会・消費社会に一般的な現象として見ることはできません。それはどこでも先進資本主義国では見られる現象ですが、何度もいうように、それに還元してしまうことはできない。

この原因は、やはり、日本の近代の歴史の特異性、つまり、中間集団、個別社会を滅ぼすことで成立した、近代国家の歴史に求めなければならないと思います。そして、それは明治だけでなく、一九九〇年代までつづいています。この間、さまざまな個別社会が、古い勢力、国家・国益を脅かす要素として、つぎつぎと非難され制圧されてきました。たとえば、労働組合（国労や日教組）、創価学会、部落解放同盟、朝鮮総連、大学（教授会）の自治――。そのような非難は、グローバリゼーションというスローガンの下でなされたのです。二〇〇〇年の時点で、こうした個別社会、中間勢力はほぼ壊滅していました。その上に、小泉が登場し、彼に対するあらゆる抵抗を「守旧派」として否定したのです。

そこにいたるまでの過程を少しふりかえってみます。さきほどいったように、丸山眞男は一九六〇年の安保闘争で、広範な大衆が参加したデモを見て、日本に市民社会が定着したと感じた。しかし、実は、まさにその時点に、それと反対の出来事が起こっていたのです。安保闘争と同じ時期に、巨大な労働争議（三池闘争）があった。これに敗北した結果、労働組合運動、のみならず、社会主義運動一般が後退し、弱体化したのです。

新左翼は、私自身もそうでしたが、安保闘争を学生運動の観点から見る傾向があります。というのも、新左翼はほとんど学生運動しかなかったからです。しかし、安保のデモを大規模にしたのは、学生運動ではない。労働組合、つまり総評です。特に国労です。実際、国鉄の政治的ストライキが政府に深刻な打撃を与えた。だから、国労をつぶすことが、国家と資本の課題となったのです。

もちろん、国労だけではない。日教組もそうです。こうした「中間勢力」が各地・各界に存在したのですが、安保闘争以後、日本の国家と資本はこれを「鞭と飴」の政策で抑え込もうとした。実際、それに成功しています。一九七〇年ごろの学生運動、つまり、「全共闘」の時点では、学生の活動がありましたが、それが労働運動とつながることはほとんどなかった。農民運動ともつながらなかった。三里塚闘争などを例外として。

その点で、フランスなどの一九六八年革命は違っています。むしろ、それは、日本で一九六〇年の安保闘争においてあった状態と似ていました。労働組合があり、共産党があり、社会党があった。そして、それらに混じって、学生の先端的な運動があったのです。学生だけが孤立してやっていたのではない。フェミニストやマイノリティ、さまざまに対立する諸勢力が輻輳することによって、六八年の革命があったといえます。もちろん、それは、都市のコンミューンの運動という伝統の上に存在した。それが日本にはなかったのです。

ただ、一九六〇年にはそのような雰囲気がかなりあったと思います。だから、丸山眞男たちが感銘を受けたわけです。しかし、一九六八年には、一九六〇年にあったもの、つまり、「中間勢力」が抜けていました。安保闘争に懲りた日本の国家と資本はこの間、懸命にそれを切り崩そうとしたからです。けれども、一九八〇年代以後におこったことを見れば、まだまだ「中間勢力」が日本に残っていたといえます。たとえば、一九九〇年以後、新自由主義という言葉が普及しました。しかし、それはすでに一九八〇年代にレーガン主義、サッチャー主義として存在したものです。日本では中曾根首相がそれを代表しました。

彼は国鉄の民営化を進めた。それは実は、国鉄労働組合（国労）の解体です。国労は労働総評議会（総評）の要でしたから、その解体は総評の解体です。一九九〇年の時点で、総評が消滅していた。したがって、それに支えられてきた社会党も消滅したのです。

つぎに、日教組の弾圧、教育の統制が進められた。大学の民営化というのは、実際は、国営化です。それまでの大学は、国立であっても、自治的であった。つまり、一種封建的な中間勢力でした。民営化によって、こうした自治的集団が解体された。私立大学でも同じです。国家の財政的援助の増大とともに、国家によるコントロールが強化されたわけです。

さらに、特筆すべきなのは、公明党を連立政権に加えることによる、創価学会のとりこみです。与党であるために、創価学会は年来の課題であった、大衆福祉と反戦の主張を留保したわけです。こうして、中間勢力であった宗教的勢力が抑え込まれた。もう一つは、部落解放同盟の制圧です。部落解放同盟は、部落だけでなく、すべての差別される少数派の運動を支えていました。また、それは右翼を抑制する力があった。解放同盟が無力化したのち、差別主義的な運動が生まれてきたといえるでしょう。

以上述べた中間勢力は一九九〇年代に、メディアのキャンペーンで、つぎつぎと攻撃されました。封建的で、不合理、非効率的だ、これでは、海外との競争に勝てない、と。このような非難に抵抗することは難しかった。実際、大学教授会は古くさい、国鉄はサービスがひどい。解放同盟は糾弾闘争で悪名高い。たしかに、批判されるべき面が多々ある。擁護するのは難しいのです。

しかし、「中間勢力」とは一般にこういうものだというべきです。たとえば、モンテスキューは、民主主義を保証する中間勢力を、貴族と教会に見出したわけですが、両方ともひどいものであった。フランス革命でこのような勢力がつぶされたのも当然です。だから、こうした中間勢力を擁護するのは難しい。一斉に非難されると、つぶされてしまうほかない。しかし、その結果、専制に抵抗する集団がなくなってしまったのです。

日本で中間勢力がほぼ消滅したのが二〇〇〇年です。そこに、小泉政権が出てきたわけです。そして、彼は中間勢力の残党を「守旧派」として一掃しようとした。先ほどモンテスキューが、中間勢力がない社会は専制国家になるといったことを述べましたが、その意味で、日本は今世紀に入って、専制的な社会になったといえます。いかなる意味でそうなのか。その一つの例が、日本にはデモがないということです。

7

現在の専制的社会は、別に、専制君主や軍事的な独裁者が支配する社会ではありません。そのような専制国家にくらべれば、日本は、国民主権の体制であり、代表制民主主義の国です。では、なぜそれが専制国家なのか。それを見るために、代議制民主主義について考える必要があります。そこでは、国民は、総選挙を通して、立法や行政の権力を決定することができることになっています。だが、実際はどうか。

代議制においては、個々人が投票します。しかし、そのとき、個々人は、具体的な個別社会を捨象した、抽象的な個人としてしか存在できない。各人は密室のように隔離されたところで投票用紙に名を書き込む。個人は他人と出会うことはありません。先ほどの図でいえば、各人は④の状態にあります。

では、主権者である国民は、どこにいるのか。代議制において、国民は、いわば「支持率」というかたちでしか存在しません。それは、統計学的に処理される「幽霊」的存在である。たとえば、テレビの業界では視聴率が支配しています。誰がテレビを見ているのかはわからない。ただ、統計学的な数値が支配する。

国民が主権者であるといっても、どこにも明確な個人は存在しない。視聴率と同様に、正体不明の支持率が存在するだけです。各人は、与えられた候補者や政党から、選びます。しかし、これは政治的な参加だろうか。各人に可能なのは、代表者を選ぶことだけです。モンテスキューは、代議制は貴族政ないし寡頭政だといいました。それに対して、民主主義の本質はくじ引きにある、と。つまり、行政における実際上の権利において平等であることが、民主制なのです。

代議制が寡頭政ないし貴族政だということは、今日、かえって露骨に示されています。たとえば、日本の政治家の有力者は、二世・三世、あるいは四世です。彼らは、各地方の殿様のようなものです。その点では、徳川時代と変わらない。むしろ、徳川時代の方がましでしょう。徳川時代では、世襲といっても、実質的に養子制にもとづいていたからです。また、幕府の老中は、藩の規模・ランクよりも大名の個人的能力にもとづいて選ばれていた。それに比べて、現在の代議制はどうか。未曾有という字を読めない首相がいる。未曾有の事態です。もちろん、字が読めても同じことです。官僚が考えたことを読むだけですから。官僚を攻撃して喝采を浴びる者がいますが、結局のところ、別の官庁や官僚が決めたことに追随しているにすぎない。ゆえに、現在の日本は、国家官僚と資本によって、完全にコントロールされている。だから、専制国家だ、というのです。

では、専制国家から出るためにどうすればよいか。一言でいえば、代議制以外の政治的行為を求めることですね。くりかえしますが、代議制は代表者を選ぶ寡頭政です。それは民衆が参加するデモクラシーではありません。デモクラシーは、議会ではなく、議会の外の政治活動、たとえば、デモのようなかたちでのみ実現されると思います。議会選挙があるのだから、デモで政局を変えるのは、民主主義的でない、という人たちがいます。しかし、代議制だけならば、民主主義ではありえない。実際、アメリカでも、デモが多い。選挙運動そのものがデモのようなものです。デモのような行為が、民主主義を支えるのです。

一九六〇年の六月、連日大規模なデモに包囲されて、首相岸信介はこういいました。後楽園球場には何万も観衆がいる。そういう「声なき声」は私を支持している、と。実際、デモに来る人は、少数です。どんなに多くても、テレビを見ている視聴者に比べれば、わずかでしかない。しかし、このようなデモがあるかぎり、主権者としての国民が存在するといえるのです。だから、他の国では、人々は、選挙とは別に、デモをするわけです。ところが、日本にはそれがない。それは、すでに述べたように、中間勢力・個別社会がつぶされたからです。そのため、デモをするのは幼稚だ、野暮だ、よくないというような風潮がある。

一方、デモをしようとしてもできない。どうしたらいいのか、という人たちがいます。たとえば、一九六〇年の時点で、日本にデモが多かったのは、労働組合が強かったからです。それが核となって、多くの団体や個人が集まった。私化した個人（③のタイプ）にとっては、たんなるデモでも大変な飛躍を意味します。つぎに④のアトム化したタイプは、デモには来ない。公共的な関心がないからです。彼らがそれをもつときは、外国に対するナショナリズムをかき立てられるときですね。しかし、日本では、それもデモとして表面化しない。ネットで騒ぐだけです。

では、日本人は、個人として弱いのか。そのようなメンタリティなのか、といえば、違うと思います。どの国でも、集団から切り離された個人は弱い。それに対して、「個人と国家の間にある自主的集団」、つまり協同組合・労働組合その他の種々のアソシエーションに属している個人は、強いのです。たとえば、日本人は、海外で、日本人同士集まるといわれる。しかし、違いますね。むしろ、日本人は連帯することを嫌い、外国に同化しようとする。ゆえに、個人としても弱いのです。何があっても泣き寝入りになりやすい。他の国から来た移民はそうではない。堅く結束し、同化を拒否している。だから、個人としても強いのです。

②のタイプ、つまり、結社形成的な個人は最初からいるのではない。むしろ、結社の中で形成されるものです。つまり、②のタイプは、たんなる市民ではなく、何らかのアソシエーションに属しています。一方、私化した個人は相互に孤立しているから、政治的には脆弱であるほかない。

8

あらためていいますが、日本人がデモに行かないのは、大衆社会や消費社会のせいだという人がいるし、また、ネットなどさまざまな政治活動・発言の手段があるという人がいます。しかし、それは先進国一般にあてはまるものであって、日本の状況を特に説明するものではない。たとえば、もともと②のタイプ（結社形成的な個人）が多いところでは、インターネットは結社形成を助長するように機能する可能性があります。しかし、日本のようなところでは、インターネットは「原子化する個人」のタイプを増大させるだけです。匿名で意見を述べる人は、現実に他人と接触しません。一般的にいって、匿名状態で解放された欲望が政治と結びつくとき、排外的・差別的な運動に傾くことに注意すべきです。だから、ここから出てくるのは、政治的にはファシズムです。しかし、それは当たり前なのだから、ほうっておくほかない。「2ちゃんねる」で、人を説得しようなどとしてはいけない。場所あるいは構造が、主体を作るのです。その証拠に、匿名でない状態におかれると、人は意見を変えます。

ゆえに、現代の日本の状態を、社会学的な観点から説明することはまちがいです。これは政治的な敗北がもたらした専制国家の状態だと見るべきです。そして、そうであるかぎり、それを変えることができます。大事なのはそのことです。そのためには、われわれは個別社会、結社（アソシエーション）を作る必要がある。もちろん、それは何であっても構わない。小さな寄り合い、連絡会議のようなものでもよい。それがないかぎり、個人は弱い。③か④になるに決まっているのです。

最後に、そのことに関して、日本では一つの例外としてあった沖縄について話したいと思います。イラク戦争のときも、沖縄では大きなデモがあった。沖縄には米軍の基地があるのだから、これは当然です。沖縄は日本国家からたえず不当な扱いを受けてきました。

しかし、彼らがデモをするのは、たんにそれだけではないですね。

琉球が日本の支配下に入ったのは明治以後です。沖縄にはいわば「徳川時代」がなかったのです。沖縄には自立的な共同体がまだ濃密に残っています。現在でも、もやい（頼母子講）のような信用制度がまだ生きている。一方、沖縄は沢山の島からなっていて、それぞれの島が他の島を嫌っています。日本本土あるいは米国に対しては結束するけれども、ふだんは違います。しかし、このように、人々が「掟をもった自律的な社会」である個別社会に属することが、逆に個々人としての強さをもたらしているのではないか、と思います。

かつての京都についても似たようなことがいえます。たとえば、東京では一九七〇年代前半に学生運動もデモも終わったのに、京都ではそれが八〇年代まで続いていた。京都がそうであったのは、都市共同体の伝統が残っていたからだと思います。それは必ずしも「進歩主義」的なものではありません。京都にはお寺、被差別部落をふくむ、さまざまな中間勢力がはっきり残っていたということです。一九九〇年以後にそれらが没落したために、現在のようになったのです。

私がデモについて語るのは、もちろん、デモによって革命をおこせとか、デモによって社会を変えよ、というためではありません。デモそのものに意味があるのです。デモの存在は、その国が専制国家でなく民主的であるということを端的に証明するものです。最後に、あらためて、デモとは何かを考えたい。

たとえば、日本の憲法二一条に「集会・結社・表現の自由」とありますが、デモという語は見あたらない。それは、デモが集会（アセンブリ）の中にふくまれるからです。ところが、日本ではデモと集会を区別する慣習があるため、無用の混乱が生じています。集会は許容されるが、デモは制限されるとか。そのような混乱を避けるために、私はデモや集会のかわりに、「アセンブリ」と呼ぶことにします。実は、議会もアセンブリなのです。

アセンブリとは「集まり」であり、日本語でいえば「寄り合い」です。近代以前からそれはあった。日本だけではない。どんな社会にも古来、寄り合いのようなものがあった。それが議会（アセンブリ）に発展したのです。だから、デモ・集会と議会は同根です。ルソーはいう。《人民はアセンブリにおいてだけ、主権者として行動しうるだろう》（『社会契約論』）。この場合、アセンブリは、代議制の議会ではありえません。そこでは、「寄り合い」にあった直接民主主義的な要素は失われてしまうからです。代議制では、人民が主権者となるのは投票する時だけで、そのあとは奴隷となってしまう、とルソーはいう。《代表という考えは近代のものである。古代の共和国では、いな君主国においてすら、人民は決して代表者をもたなかった》。

先にいったように、代議制は貴族政的なものです。では、ルソーがいうような、人民が主権者として登場するアセンブリ、直接民主主義はどこにあるでしょうか。それを古代アテネの民会のようなものだと考えるのは、まちがいです。あれは少数の市民だけが参加するものです。多数を占める女性や奴隷、子供は締め出されている。ついでにいうと、ソクラテスはダイモン（精霊）にいわれて、民会には行かず、広場（アゴラ）で議論をした。むしろ、そこに真の民会、真の直接民主主義があったのです。

ルソーはこういいます。《人民のアセンブリは、いつの時代にも、支配者たちの恐れるところであった。だから、彼らは、集まっている市民に嫌がらせをするために、つねに、配慮、反対、妨害を惜しまなかった》（同前）。ルソーがそういったわけではないが、このような人民のアセンブリは、街頭のデモ・集会以外に考えられません。実際、日本では、デモはたえず妨害され嫌がらせを受けている。なぜか。それはそこに真のアセンブリがあるからで、それこそ「支配者たちの恐れるところ」だからです。

要するに、日本において民主主義は、デモをするほかに実現できません。デモなどで社会が変わるか、といってはいけない。デモをする以外に、日本の社会は変わらないのです。

秋幸または幸徳秋水

1

私は久しく文学について考えていなかったのですが、今日は、中上健次没後二〇年記念ということで、中上の文学について、そして、自分が文学批評としてやってきたことについてふりかえってみたいと思います。

私は一九七〇年代後半に、『日本近代文学の起源』を書きました。それは文字どおり、日本における近代文学の起源を見出すものですが、私はそれを明治二〇年代に起こった、ある認識論的な「転倒」に見ようとしたのです。その一つが、「風景の発見」です。それはどういう意味か。風景は昔からあります。特に中国や日本では、文学や美術において、昔から自然風景を描いてきた。だから、わざわざ発見するまでもないのではないか、という疑問があるかもしれません。

確かに、風景は前から絵画において描かれていました。しかし、西洋の場合、それは風景として描かれたのではなく、キリスト生誕などの物語の背景として描かれたのです。たんに風景だけ、あるいは、花や器物のような静物だけを描くことは、西洋美術史においては近年のことです。では、東洋に関してはどうか。中国では古来、自然風景が描かれてきました。しかし、山水画における山水は、たんなる自然対象とは違います。それは一種の宗教的対象なのです。山水画では、いわばイデアとしての山水が描かれてきた。したがって、ヨーロッパの美術館に行けば、イエスとか天使とかが出てくる絵がうんざりするほどありますが、それと同様に、東アジアでは、山水を描いた画がいやというほどあるのです。

しかし、私がいう「風景」はまだそこにありません。私がいう「風景」とは、それまで風景をその背景でしかないようにしていた宗教的な枠組を斥けることによって見出されるものです。たとえば、天使をとりさってその背後にあった風景を見るときに。いいかえれば、それまで第一次的で重要であったものと、副次的で些末と見なされていたものの序列を転倒することです。

今美術の例でいいましたが、私が『日本近代文学の起源』で書いたのは、文学においてそのような転倒が起こった例です。その典型は、国木田独歩の『忘れえぬ人々』にあります。「忘れえぬ人々」は、忘れてはならないような重要な人々のことではなくて、無意味などうでもいいようなものでありながら忘れられない人々のことです。それは人々というより、「風景」としての人々なのです。

この作品では、主人公は宿で初めて会った秋山という人物に、「忘れ得ぬ人々」と題する原稿を見せて、語り合います。二年後に、彼はその原稿に書き加えます。「忘れえぬ人は、その宿屋の主人であった、秋山ではなかった」という、落ちがついています。ここには、重要なものと重要でないものの価値序列を転倒しようとする、アイロニカルな悪意があります。風景はこのような転倒において見出された。つまり、風景が見出されたのは、外的対象に対する関心によってではなく、むしろそれに背を向けた、内的な人間によってです。

では、どうしてこのような内的な人間が出てきたのか。なぜそれが明治二〇年代なのか。それを考えると、文学や芸術というような範囲に留まることはできません。しかし、『日本近代文学の起源』を書いた時点で、私はその歴史的背景を充分に考察しなかった。もちろん、それはわかっていました。一口でいえば、内的な人間は、政治的な挫折から生まれたのです。ただ、明治二〇年代に生じたことを、たんにそれだけで説明することはできません。

たとえば、最初に近代文学の内面性をもった文学者は、北村透谷です。彼は、明治一〇年代半ばに、自由民権運動が後退し、自由党左派による爆弾闘争が始まった時点で、そこから脱落した人です。しかし、彼は現実の政治的世界に対して、文学的想像力によって対抗しようとした。彼の言葉でいえば、「想世界」によって実世界に対抗しようとした。彼にとってそれが文学です。一九六〇年代には、透谷に近代文学の起源を見る見方が流行していました。私は別に、そのような考えに反対ではありません。しかし、一九七〇年代半ばになって気づいたのは、日本の近代文学は透谷的な転倒の上に成立したのではない、それは国木田独歩のような転倒によって成立した、ということです。

北村透谷は想世界あるいは観念世界によって、現実世界を転倒しようとしました。しかし、そのような転倒と、先ほど述べた国木田独歩におけるイロニー的な転倒とは違います。たとえば、透谷は内面的であるからといって、現実にコミットしなかったわけではない。それどころか、彼は日清戦争の前に平和運動を始めています。それはカントの「永遠平和」の構想にもとづく日本で最初の運動です。

一方、国木田独歩の内面性はどういうものか。彼は日清戦争で従軍記者として活躍し、ナショナリズムの昂揚の中で人気を博しました。しかし、戦争が終ってやることがなくなったので、「新世界」を求めて北海道に行った。そして、そこに風景を見出します。彼はこう述べます。《社会が何処にある、人間の誇り顔に伝唱する「歴史」が何処にある》(『空知川の岸辺』)。しかし、これは欺瞞です。独歩が行ったところは、空知《そらち》という地名が示すように、アイヌが居住してきた歴史的な場所です。北海道開拓はたんなる「原野」の開拓ではなく、住民であるアイヌを殺戮・同化することによってなされたのです。が、そのような、忘れてはならない大事なことを無視することによって、「忘れえぬ」風景が見出されたのです。

独歩は永住するつもりで北海道に行ったのですが、すぐに気が変わって、東京に戻った。そして、郊外の武蔵野に、といっても、今の渋谷道玄坂の辺りを指すのですが、「風景」を見出した。何の変哲もない雑木林に、「風景」を見たわけです。爾来、この作品のおかげで武蔵野は有名になったから、彼がこれを書いたときのイロニーというか、悪意はもうわからなくなっています。

このような風景の発見には「転倒」があります。しかし、それは、透谷のように社会に激突することによって生じる転倒ではありません。国木田独歩がもたらした転倒は、第一次的で重要だったものと、副次的で些末と見なされたものの序列の転倒です。それは言文一致という問題に関してもあてはまります。明治二〇年代まで、「文」(文語)が重要で、「言」(口語)は下位に置かれていました。現在、言文一致は話し言葉を用いて書くことだと思われています。しかし、そんなことがあてはまるのは、せいぜい旧江戸の住民ぐらいです。他の地域の人々にとっては、言文一致の文は「言」からほど遠い「文」です。

つまり、言文一致の文とは、新たな「文」なのですが、ただ、それが「言」にもとづくかのように人に思わせるような「文」なのです。だから、言文一致は、風景の発見と同様に、転倒でありながらそれが転倒であることに人が気づかないような転倒なのです。明治二〇年代に成立した、そのような近代文学の装置は、それがもともと自明なものとしてあるかのような錯覚を与えるものです。

ちなみに、透谷の文章はすべて言文一致以前の文語体です。その意味で、彼は「日本近代文学」の起源に立つような人ではありません。同様に、明治二〇年代には、主要な文学者、樋口一葉、森鷗外、夏目漱石らはすべて言文一致を拒否した。それは彼らが「近代」を否定していたからでなく、「日本近代文学」に違和を感じていたからです。その中で、二葉亭四迷は明治二〇年代初期にいち早く言文一致の小説『浮雲』を書いたのですが、以後筆を折っています。彼が再び小説(『其面影』)を書くようになるのは、明治三九年です。

2

くりかえすと、私は日本近代文学の起源を「明治二〇年代」に見出しました。しかし、その後に、考えを改めました。もちろん、その時期ではない、と考えたのではありません。ただ、それを「明治二〇年代」としてみる見方では、だめだと思うようになったのです。「明治二〇年代」という見方では、この時代を世界史の文脈から切り離して、日本の文脈の中でのみ見るということになります。

「明治二〇年代」は、西暦でいうと、一八九〇年代にあたります。つまり、それはいわゆる「世紀末」なのです。さらに、それは帝国主義が全面的になった時代です。現に、日清戦争（一八九四年）が起こり、次に日露戦争（一九〇四年）が起こっています。ところが、「明治」という枠組で見ると、このような過程は、日本が西洋列強の支配の下で、産業的・軍事的に発展を遂げ、日露戦争に勝利し、徳川時代に結ばれた不平等条約の改正を遂げるにいたったという、感動的な話になります。すなわち、司馬遼太郎『坂の上の雲』に代表されるような見方になる。もっとも、司馬自身はそれに否定的だったのですが。また、文学の領域では、明治二〇年代に近代文学が成立したといえば、それは、明治維新以来日本の文学が近代化を遂げたというような話になってしまいます。

しかし、一八九〇年代は、世界的な帝国主義の状況の下で、日本が帝国主義に転じた時期です。いいかえれば、私が『日本近代文学の起源』で述べた事柄は、帝国主義の時代に起こったことなのです。そのような観点から見直すと、明治二〇年代の「近代文学」がどのように成立したかが見えてきます。この時期の代表的な理論家は、『小説神髄』を書いた坪内逍遙です。彼は『小説神髄』で、馬琴の勧善懲悪を批判し、リアリズムを主張したことは有名ですが、なぜこの時期に徳川時代の作家、馬琴を批判したのでしょうか。古めかしい儒教道徳を批判する必要があったからでしょうか。むろん、違います。

これを考えるためには、政治的な文脈を見る必要があります。明治一〇年代には、自由民権運動がありました。それは明治一四年に、政府が一〇年後に議会を開始すると約束するとともに、収束してしまった。その後に過激派の抵抗が続いたとはいえ、自由民権の活動家の多くが、「民権」派から「国権」派に転向していった。また、この時期の過激派の挫折から出てきたのが、先ほど述べた北村透谷です。彼にとって、内面性はイロニーや逃避ではなく、自由民権運動の形を変えた継続だったのです。

しかし、「日本近代文学」は、透谷とは違った方向に形成された。たとえば、逍遙がいうリアリズムは、自由民権運動の理想（理念）を仮象とみなすものです。具体的にいうと、勧善懲悪の小説とは、馬琴の小説ではなく、自由民権運動の時期によく読まれた政治小説を意味します。逍遙が斥けたかったのは、そのような政治的「理想」なのです。したがって、彼がいう「写実主義」（リアリズム）とは、そのような理想主義的な政治に対する批判を意味します。

坪内逍遙がいう「没理想」が、自由民権運動の終焉における一つの態度であることは明らかです。実際、逍遙は大隈重信と深い関係があった。そもそも、彼は大隈が創立した東京専門学校（後に早稲田大学）に講師として迎えられたのです。もちろん、逍遙は帝国主義を唱えたりしません。それももう一つの「理想」であるから。しかし、帝国主義は弱肉強食という現実を肯定するものであり、その中で、「没理想」的態度をとることは、帝国主義を傍観者的に支持するものとなります。

さらに、先に述べたように、国木田独歩は、帝国主義的現実の中でイロニー的な態度をとります。これは帝国主義に迎合するものではない。しかし、それに抵抗するものでもないのです。それは独歩を祖とする日本の自然主義文学について一般にあてはまります。自然主義文学は、フランスにおいてもアメリカにおいても、事実上、社会主義と結びついていました。しかし、日本ではそうではなかった。

石川啄木は、大逆事件のあとで、「時代閉塞の現状（強権、純粋自然主義の最後および明日の考察）」という評論を書きました。自然主義文学は国家に対立するようにみえるけれども、そうではない。《日本の青年はいまだかつてかの強権に対して何らの確執をも醸《かも》したことがないのである。したがって国家が我々にとって怨敵となるべき機会もいまだかつてなかったのである》。

しかし、実際には、明治一〇年代には「強権に確執を醸した」運動があったし、また、北村透谷のように、それを文学によって実現しようとする意志があったのです。日本の自然主義はそれらの延長ではなく、それを否定することによって成立しました。前者がモダンだとすれば、後者はすでにポストモダンなのです。そのようなものが帝国主義の進展に対して、「確執を醸す」ことなどありえない。とはいえ、この「時代閉塞の現状」に対して「盲目的反抗」をすることは不毛である。そこで、啄木はつぎのように書いたのです。

彼がいう「敵」とは、帝国主義です。

かくて今や我々青年は、この自滅の状態から脱出するために、ついにその「敵」の存在を意識しなければならぬ時期に到達しているのである。それは我々の希望やないしその他の理由によるのではない、じつに必至である。我々はいっせいに起ってまずこの時代閉塞《へいそく》の現状に宣戦しなければならぬ。自然主義を捨て、盲目的反抗と元禄の回顧とを罷《や》めて全精神を明日の考察――我々自身の時代に対する組織的考察に傾注《けいちゅう》しなければならぬのである。

3

私は、明治二〇年代に日本が帝国主義に転化したこと、その時期に日本近代文学のメインストリームが形成されたと述べました。たとえば、明治維新から数年後に、維新の元勲(大久保利通、伊藤博文)らはヨーロッパに行ったのですが、ちょうどそのときに、普仏戦争があり、プロシアが勝利して、フランスではパリ・コンミューンが起こるという事件があった。このことで、彼らは、フランスやイギリスに代わって、プロシアをモデルにするようになったわけです。

明治日本の政治過程は、ヨーロッパの動向と無縁ではありません。自由民権運動は大まかにいえば、フランスとイギリスの理論にもとづくものでした。フランス派は、中江兆民、西園寺公望、イギリス派は福沢諭吉、大隈重信に代表されます。そして、それらは結局、プロシア派（伊藤博文、山縣有朋）によって抑え込まれた。しかし、プロシア派が勝ったのは、現実に、ドイツがフランスに勝ち、イギリスに対抗する国家となったからです。それに対して、イギリスも一八八二年にエジプトを占領しました。「帝国主義」が顕著になったのは、この時期です。

先に私は、日本の自由民権運動は一八八一年（明治一四年）、国会開設の勅諭とともに収束してしまったと述べました。このこともグローバルな文脈で見直す必要があります。その後、一八八九年に帝国憲法が発布され、そして翌年に帝国議会が開催された。しかし、この時期は、日本が近代国家としての体裁を作ったというよりも、まもなく「帝国」の仲間に入る準備をしていた時期なのです。「日本近代文学」がそのような時期に確立されたことに注意していただきたい。

ところで、私がこのことをいうのは、それがたんに古い話ではないと考えるからです。一般に、帝国主義というと、一九世紀末に出現した資本主義の段階であると考えられています。そのような見方でみれば、この時期の帝国主義は、古い話になってしまいます。同様に、この時期に成立した日本近代文学も、古い話になってしまいます。

しかし、私は帝国主義を、一九世紀後半自由主義の後に生じた一段階であるとは考えません。そうではなく、「自由主義的」段階と「帝国主義的」段階は、循環的に反復するものだと考えます。それはウォーラーステインの考えに従うものです。彼は、自由主義をヘゲモニー国家がとる政策であると考えた。そして、帝国主義を、ヘゲモニー国家が没落し、かつ新たなヘゲモニー国家がまだ確立しておらず、それをめざして各国が争うような状態とみなしたのです。

ウォーラーステインの考えでは、近代の世界経済のなかで、ヘゲモニーを握った国家は三つしかなかった。オランダ、イギリス、そして、アメリカ（合州国）です。たとえば、一六世紀後半から一七世紀半ばまで、オランダは自由主義的でした。政治的にも絶対王政ではなく共和制であった。つぎに、オランダの没落以後に、ヘゲモニー国家となったのがイギリスです。それは一九世紀前半です。

ウォーラーステインによれば、ヘゲモニー国家が成立するのは、まず製造部門での優越によってであり、そこから、商業部門や金融部門での優位に及ぶときです。この三つの分野すべてで優位に立つのは、難しい。短い期間だけです。このことは、ヘゲモニーが製造部門において失われても、商業や金融においては維持されうるということを意味しています。たとえば、オランダもイギリスも、生産の次元で没落したのちも、商業や金融において長くヘゲモニーを保持した。じつは、一九九〇年代以降のアメリカがそうです。

「自由主義的」というのは、圧倒的なヘゲモニー国家の経済政策だと考えてみると、アメリカが自由主義であったのは、むしろ一九七〇年以前であったということが明らかです。

ドルの金兌換制停止が示すように、経済的には一九七〇年代から没落しかけていたのです。それはかつてのオランダやイギリスがたどったのと同じコースをたどっています。つまり、製造部門では没落したが、金融や商業（石油・穀物・エネルギー資源など）にかんして、依然としてヘゲモニーを握っているわけです。

一方、「帝国主義的」というのは、一九世紀末の状態だけでない。オランダが没落したあとの時代もそうです。また、一九世紀末の帝国主義も、レーニン的な定義ではなく、イギリスのヘゲモニーが失われ、アメリカとドイツ、日本などがその後釜をねらって争いはじめた段階として見るべきです。このような見方によれば、アメリカがヘゲモニーを握った一九三〇年以後は「自由主義的」な段階であり、一九九〇年以後、アメリカが没落しはじめた段階は、「帝国主義的」な段階です。

こうして、「自由主義的」な段階と「帝国主義的」な段階が交互に続くというかたちをとる。私のみるところ、それらはそれぞれ約六〇年の周期です。このため、近代の世界史は、一二〇年ごとに類似してくるということができるわけです。今後もそうであるかはわからない。ただ、これは発見的な仮説として有効であると考えています。

4

このような反復性という観点から見ると、明治二〇年代つまり一八九〇年代と現在の類似性が見えてきます。第一に、重要なのは、一九九〇年以後に強まった新自由主義が自由主義とは異質であり、帝国主義的だということです。したがって、それはむしろ新帝国主義と呼ぶべきです。

イギリスが帝国主義に転じたのは、ヘゲモニーを失いはじめた時期からです。そのとき、それまでの「自由主義」に代わって、新たなイデオロギーが支配的となった。それが社会進化論（スペンサー）です。これは、ダーウィンの自然淘汰論（適者生存）を社会に適用したものです。これが「帝国主義」のイデオロギーです。では、一九九〇年代の「新自由主義」はどうか。これは「自由主義」とは異なり、むしろかつての帝国主義と似たものです。たとえば、自己責任、勝ち組と負け組というような言葉が横行した。新自由主義のイデオロギーは、帝国主義のイデオロギー、つまり、社会進化論にすぎません。

幸徳秋水はホブソンやレーニンに先立って、『廿世紀之怪物帝国主義』（一九〇一年）を書きました。帝国主義は、この時期、むしろ肯定的に見られていた観念です。イギリスではキップリングのような詩人がそれを称揚する詩を書いた。幸徳秋水はそれを「怪物」と呼んだのです。しかし、秋水が批判したのは、イギリスよりもビスマルクに代表されるプロシアの帝国主義です。イギリスは、真にヘゲモニーをもっていた時期は帝国主義的ではなく、自由主義的だった。そのことを、秋水は理解していました。たとえば、ヨーロッパやアメリカには無政府党がはびこっているが、「社会制度の改革に多く心を用ゐたるの英国には、其害甚だ猖獗《しょうけつ》ならざるを得たり」と書いています（「無政府党の製造」）。

つまり、「自由主義的」であった時代のイギリスは、さまざまな社会政策がとられ、労働貴族という言葉があったほど、労働組合が強く、協同組合運動も盛んでした。しかし、帝国主義時代に入ると、そのような社会政策が否定され、貧富の格差が激化してきます。ところが、福沢諭吉をはじめ、イギリスをモデルにした日本の思想家たちは、このような変化に気づかなかったか、あえて無視したのです。

幸徳秋水は、福沢諭吉の『修身要領』を論評しています。福沢のいう「修身要領」とは個人の独立自尊を意味するのですが、幸徳秋水は個人自由主義を唱えた福沢諭吉を称賛するとともに、しかし今やそれが通用しない状況にある、というのです。独立自尊は利己主義となり、自由競争は弱肉強食となる、と。

最近、宮崎学が『「自己啓発病」社会』という本を書きました。宮崎によると、一九九〇年代以後日本では、「自己啓発」のための本がブームとなってきた。このような本は昔からあったようにみえますが、その中身は違います。一九八〇年代に流行したのは「自己開発」のための本である。これも自己改造を説くものですが、「自己開発」書が集団的拡大のための自己改造を説くのに対して、「自己啓発」書は、自己中心的でポジティブ思考を唱え、資格取得、スキル・アップなどを勧めるものです。そこで、宮崎は、「自己開発」はバブル時代のイデオロギーであり、「自己啓発」はバブル崩壊後、特に小泉純一郎に代表される新自由主義とつながるイデオロギーであるというのです。

さらに、宮崎学は、「自己啓発」書の著者らが自助の精神を説き、こぞってスマイルズの『自助論』を推薦することを指摘しています。実は、この本は、明治四年、中村正直によって、『西国立志編』という題で出版され大変なベストセラーになった。しかし、宮崎によると、スマイルズは労働運動や協同組合運動の支持者であった。つまり、彼にとって、自助の精神は相互扶助と切り離せないものだ、というのです。「自助」は、国家に依存することなく、労働者が相互扶助的にやっていこう、という考えを意味したのです。つまり、スマイルズはイギリスが「自由主義」の時代にこの本を書いた。それなのに、現在、人々はそれを「新自由主義」のバイブルとして読もうとしているのです。しかし、考えてみると、この本は、日本では明治二〇年代にすでに「帝国主義」のバイブルとして読まれたのではないでしょうか。たとえば、「自助」的でないアジアの諸国は、他国に領有されても仕方がない、と。

明治二〇年代、つまり、一八九〇年代は、昔の話ではありません。現在の東アジアの地政学的な構造は、この時期に形成されたものです。たとえば、東アジアには、中国、北朝鮮、韓国、台湾、日本、そしてアメリカとロシアが存在しますが、それらは日清戦争の前後にできた状態です。

第一に、日清戦争のころの中国は、もともと大国である上に、アヘン戦争以後の軍近代化を経て、日本には大変な脅威でした。つぎに、日清戦争の直接の原因は、朝鮮王朝における、日本側に立って開国しようとする派と、清朝側にたって鎖国を維持する派の対立です。つぎに、台湾は、日清戦争のあと、清朝が賠償として日本に与えたものです。それらに加えて、この時期、ハワイ王国を滅ぼし、太平洋を越えて東アジアに登場した米国を見落としてはなりません。米国は日本と手を結んでいました。たとえば、日露戦争後には、日本が朝鮮を領有し米国がフィリピンを領有するという秘密協定がなされていたのです。

以上の点で、現在の東アジアの地政学構造が反復的であることは明らかです。われわれは今、東アジアにおいて、日清戦争の前夜に近い状況にあります。日本では、中国、北朝鮮、韓国との対立を煽り立てるメディアの風潮が強いですが、現在の状況が明治二〇年代に類似することを知っておくべきです。それは、日米が対立し、中国が植民地化され分裂していた第二次大戦前の状況とはまるで違います。第二次大戦前と比べていたのでは、現状を理解できません。もちろん、過去も理解できない。

5

日本では明治二〇年代に、帝国主義が新しい思潮として広がりました。明治一〇年代まで自由民権運動の理論的支柱であった中江兆民は、のちにこう書いています。《吾人が斯く云へば、世の通人的政治家は、必ず得々として言はん、其れは十五年以前の陳腐なる民権論なりと、欧米強国には、盛に帝国主義の行はれつつある今日、猶ほ民権論を担ぎ出すとは、世界の風潮に通ぜざる、流行後れの理論なりと、然り是れ民権論なり、然り是れ理論としては陳腐なるも、実行としては新鮮なり》(「一年有半」附録)。兆民がいうのは、つぎのようなことです。自由民権は古い理論かもしれないが、まだ実行されていない以上、新鮮だ。それは実行されて古くなったものではない。それが古いものと見えるのは、その実行を妨害した連中に責任がある。

それについては後で述べますが、とにかく、自由民権などは古い陳腐な観念だ、という見方が広がった。というと、昔の話でしかないのですが、ここで、帝国主義というかわりに、新自由主義と置き換えてみて下さい。社会主義などは古い観念にすぎない。それは物語だ。すべて歴史の理念は幻想だ。そのようなことを、人々がいっせいにいった時期があります。それがポストモダニズムです。

しかし、それは別に新しいものではない。明治二〇年代にもそのようなことをいった人がいます。「没理想」を唱えた坪内逍遙です。また、それまで重要視されたことに対して、副次的であったものを優位に置く、アイロニカルな転倒を行った人物がいる。国木田独歩です。彼らは帝国主義者ではありません。しかし、帝国主義に対する抵抗をもっていない。石川啄木の言葉でいえば、「強権に確執を醸す」ことがありません。

中上健次が死んだのは、一九九二年です。それはソ連が崩壊して一年後です。その後に、いわゆる資本主義のグローバリゼーションが起こった。別の言い方をすれば、新自由主義が広がった。「中上没後二〇年」というのは、それが深化してきた過程にほかなりません。この間に、中上健次に代表されるような文学は消えてしまい、村上春樹に代表される文学の方向に進んだ。それはこの二〇年ではっきりしています。

ふりかえってみると、それは、北村透谷の死後、日本の近代文学が形成された過程と似ています。先に私は、国木田独歩の『忘れえぬ人々』を例にとって、そこに、「忘れてはならない大事なもの」に対して、「どうでもよいが忘れられないもの」を優越させるイロニー的転倒があることを指摘しました。これは昔話ではありません。たとえば、それは村上春樹によってくりかえされているのです。

「あなたは二十歳の頃何をしてたの？」

「女の子に夢中だったよ」一九六九年、我らが年。

「彼女とはどうなったの？」

「別れたね」（『1973年のピンボール』）

村上は「一九六九年」がどういう年であるかを、別に隠していません。ただ、それが忘れてはならないような重要なものとなる瞬間に、それを右のように転倒するのです。たとえば、「一九六〇年」は安保闘争の年であり、大江健三郎はそこから百年前に遡行して『万延元年のフットボール』を書いたわけです。それに対して、村上は『1973年のピンボール』を書いた。これは明らかにパロディーです。そして、彼はつぎのように書きます。

一九六〇年、ボビー・ヴィーが「ラバー・ボール」を唄った年だ。（同前）

このようなイロニーによって、村上春樹は「風景」を作りだしたのです。そこでは、重要であるとされるものと、どうでもよいものの順位が逆転される。といっても、どうでもよいものが重要だというのではない。重要だ、重要でないという区別、あるいは、区別の根底におかれる理念自体が否定されるのです。

国木田独歩の場合、そのようなイロニーが出てきた理由は政治的な背景がありましたが、村上春樹も同様で、六〇年代の新左翼学生運動が背後にあります。それをイロニーによって否定することで、「風景」が発見された。明治二〇年代における「風景の発見」は、それゆえ、古い話ではありません。

6

村上春樹が知らずして明治二〇年代の国木田独歩の延長上にあるとしたら、中上健次は、明治二〇年代において、そのような主流からはずれたものの延長上にあります。彼はそれを「物語」と呼びましたが、それは狭い意味においてではありません。彼が「物語」と呼んだのは、一言でいえば、国木田独歩に始まる「近代文学」の装置のことです。しかも、中上は最初からそれに対立し、それをディコンストラクトしようとしていました。ある意味で、彼はそうするように運命づけられていたといえます。

それについて考えるために、先ず大逆事件について話したいと思います。それは明治四四年（一九一一年）に起こった事件です。しかし、その中心人物、幸徳秋水は中江兆民の弟子であり、彼の社会主義は、明治一〇年代に挫折した自由民権運動を受け継ぐかたちで成立したものです。つまり、それは明治二〇年代に成立した制度に対して対抗するものになります。したがって、大逆事件にこだわるならば、近代日本文学の起源にかかわることになるのです。

大逆事件は、中上にとって、たんに多くの主題の中の一つとしてあったのではありません。彼はこう書いています。《戦後に紀州新宮に生まれた私に、第二次世界大戦、太平洋戦争は、存在しなかったとさえ思えるのである。というのは、熊野、紀州新宮が経験した戦争とはあの大逆事件でしかない》（「物語の系譜　佐藤春夫」）。

これは誇張ではないと思います。大逆事件に連座した新宮グループは、医師・大石誠之助、僧侶・峰尾節堂（臨済宗妙心寺派）、高木顕明（真宗大谷派、浄泉寺）、雑貨商・成石平四郎、薬種雑貨商・成石勘三郎、農業・崎久保誓一です。このうち、大石と成石平四郎が死刑。他の四人は減刑されて無期刑となりました。特筆すべきことは、この人たちが新宮の被差別民の解放運動と多かれ少なかれつながっていた、ということです。

この事件のあと、紀州全体が差別されるようになりました。新宮はいうまでもありません。さらに重大なのは、新宮の被差別民が以前にもまして差別されるようになったということです。実は、私が事柄の深刻さに気づいたのは、中上が死んだ後です。私は彼に何度も誘われながら、新宮に来たことがなかった。初めて来たのは、彼が死ぬ三日前です。当地に来てから初めて、私は新宮、熊野、大逆事件への中上のこだわりについて理解したのです。

大分前になりますが、私はこの「熊野大学」のシンポジウムで、一人の受講者が指摘したことに感心した覚えがあります。それは、中上健次の小説『枯木灘』などに現れる主人公の名、〝秋幸〟が幸徳秋水をもじったものではないかという指摘です。その通りだと思います。中上は最初から幸徳秋水を意識していたのです。

このシンポジウムでは、中上健次と大逆事件の問題に関して幾度も議論がなされてきました。昨年のシンポジウムでもそうであったと聞いています。というのも、昨年は、大逆事件から一〇〇年という年であったからです。また、これまで中上の年譜を作り評伝を書いてきた高澤秀次が、あらためて、中上と大逆事件の問題を論じる、『文学者たちの大逆事件と韓国併合』（平凡社新書）を出版しました。

実は、私自身も、昨年、幸徳秋水あるいは大逆事件のことを考えるようになったのです。が、それは、事件から一〇〇周年であったからではありません。先ほどいったように、私は近代世界システムの歴史を、一二〇年周期で考えています。とはいえ、そのことから、幸徳秋水のことを考えたわけではありません。

そのきっかけは、昨年に起こった出来事、つまり、3・11の大震災による原発事故です。私は事故のあと、すぐに、足尾銅山事件のことを考えました。第一に、足尾銅山は一九七三年に閉山されたのですが、それ以前に鉱山から生じた有毒な廃棄物が堆積されており、あの地震のあった3・11に、堆積場が決壊して、鉱毒汚染物質がまた渡良瀬川に流下した、というニュースを聞いたからです。放射性廃棄物の深刻さは、こんなものと比べられない。しかし、一二〇年前の廃棄物が今も被害を与えるのだという事実を、痛切に感じました。

第二の理由は、この事件が、福島県に接した、栃木県と群馬県の一地域に起こったということです。第三に、大量の鉱毒物質が渡良瀬川に流された結果、上流および下流の村が廃村に追い込まれたことです。村人は北海道など各地に移住しました。第四に、足尾銅山は民営企業であるといえ、事実上、国策民営企業です。したがって、歴代政府は鉱毒問題をつねに隠蔽し、甘言と強権によって農民の抵抗を抑えつづけた。

以上の点から、福島原発事故は、足尾銅山鉱毒事件にきわめて類似すると思います。足尾銅山の事件は、ある意味で、日本の近代文学に深く関係しています。たとえば、夏目漱石は足尾銅山を舞台にして『坑夫』(一九〇八年)を書いています。漱石はこの作品を聞き書きだけで書いた。だから、鉱山の実態は十分に書かれていません。が、彼が足尾銅山に関心をもっていたことは明らかです。

さらに、足尾銅山に深い関係のある作家として、志賀直哉がいます。彼の小説は主として、父との絶交と和解を主題にしているといっていいのですが、父子の対立は足尾銅山鉱毒事件に関連しています。学習院の学生であった志賀は、鉱毒事件を視察しようとして、父に反対された。彼の祖父直道が、旧相馬藩の家臣で、古河市兵衛と足尾銅山を共同で経営したという事実があったからです。父との対立の後、志賀直哉は一九一〇年に雑誌「白榫」を創刊するにいたります。大逆事件が起こる直前です。

しかし、私が今日話したいのは、そのような面ではありません。もっと直接に、足尾銅山事件に関する話です。この事件について調べていたとき、私は興味深い事柄に気づきました。その一つは、鉱毒事件に反対して活動したリーダーの田中正造(一八四一—一九一三)が社会主義者と密接な関係をもっていたということです。

一八九〇年以来、鉱毒の被害によって廃村・北海道への移住などにおいつめられた農民の決死的闘争が続きました。その先頭に立っていたのが、衆議院議員であった田中正造です。一九〇〇年二月、農民らは群馬から東京まで請願デモ(押し出しと呼ばれた)を企てたのですが、その途中で農民の指導者が多数逮捕されるという事件(川俣事件)が起こった。その翌年、田中正造は議員を辞職し、明治天皇の馬車に鉱業停止を訴えた直訴状をかかげて駆けよったのです。田中は直訴に出る前に死を覚悟し、妻を離縁しようとした、といわれます。しかし、彼は狂人として扱われ、罪に問われなかった。このできごと、および川俣事件によって、足尾銅山鉱毒事件は一大社会問題となりました。

私が注目したのは、このとき、直訴文を書いたのが、「万朝報」の記者、幸徳秋水(一八七一—一九一一)であったということです。ここで、一つの疑問がある。「天皇への直訴」は、アナキストにとってふさわしくないのではないか、ということです。それについては、あとで述べます。もう一人の社会主義者、荒畑寒村(一八八七—一九八一)に触れておきましょう。

田中正造は寒村に、足尾銅山の鉱毒で廃村に追いこまれた谷中村の歴史を書くように依頼しました。寒村が二〇歳で書いた『谷中村滅亡史』（一九〇七年）は名著として、今も岩波文庫に入っています。実は、寒村はその翌年一九〇八年に「赤旗事件」で検挙されました。彼は、幸徳秋水の影響で社会主義者となったのですが、彼が刑務所にいる間に、恋人の管野須賀子が幸徳秋水と恋愛するようになってしまった。しかし、それは結果的に寒村にとって幸いしたのです。幸徳が、管野が天皇暗殺を計画したことの巻き添えをくらって大逆事件で処刑されたのに対して、寒村は、大杉栄もそうですが、獄中にいたために、それをまぬかれたのです。

7

田中正造と幸徳秋水らの関係を考えると、必然的に、明治一〇年代の自由民権運動、そして、その理論的リーダーであった中江兆民のことを考えることになります。幸徳秋水（伝次郎）は、中江兆民と同じ土佐の出身ですが、大阪で兆民の弟子となり秘書として活動した。「秋水」というのは、兆民がもっていた雅号を譲り受けたものです。このような例として、夏目金之助が友人の正岡子規が沢山もっていた雅号の一つである「漱石」を譲り受けたという話があります。しかし、幸徳伝次郎の場合、たんに雅号だけでなく、兆民の思想を最も深く受け継いでいたといえます。それについては、後で述べます。

中江兆民に関して調べたとき、私はつぎのようなことを知って驚きました。彼は自由民権運動で逮捕され東京市中からの追放処分を受けていたのですが、一八八九年に帝国憲法発布とともに恩赦によって処分を解除され、翌年の第一回衆議院議員総選挙で、大阪四区から出馬しました。その際、本籍を大阪の被差別部落に移し、つぎのように書いたのです。《余は社会の最下層に更下の層に居る種族にして、印度の「パリヤー」、希臘の「イロット」と同僚なる新平民にして、昔日公等の穢多と呼び做《な》したる人物なり》(「新民世界」一八八八年に「東雲新聞」に発表した論説)。

兆民について、井上清は『部落の歴史と解放理論』の中で、「兆民の妻は長野県の部落出身であると推定される」と述べています。それが事実であるか否かはともかく、以上の逸話は、兆民の「自由民権」思想がいかに徹底的なものであるかを示しています。幸徳秋水や新宮の医師大石誠之助が、被差別部落民の問題を重視したことは、何よりも兆民の行動から来ているということがいえます。

兆民は被差別部落民らの支持を得て一位で当選し、国会議員となりました。一方、田中正造は同じときに、栃木三区から立候補して当選したのです。田中もまた、自由民権運動に早くからコミットしています。彼は自由党が解散したのち、立憲改進党に加入しましたが、帝国主義路線をとった党に同調することはなかった。一方、中江兆民は立憲自由党でしたが、その裏切りに憤慨して、三ヶ月で議員を辞職しています。というわけで、田中正造と中江兆民は互いによく知っていたはずです。そこから見ると、田中正造と、兆民の弟子である幸徳秋水、あるいはさらにその門弟の荒畑寒村が深い縁で結ばれていたことは明らかです。

したがって、幸徳が田中正造に協力を惜しまなかったのも不思議ではありません。ただ問題は、彼が天皇に直訴する書状を書くことを引き受けたのはなぜか、ということです。それはアナキズムに矛盾しないでしょうか？　もちろん、矛盾しない。というのも、この時期、幸徳はアナキストではなかったからです。彼は天皇を肯定し議会を肯定していました。それは、中江兆民の考えに従うものです。

兆民は、ルソーの『社会契約論』を翻訳紹介した人ですが、しばしば東洋のルソーと呼ばれます。それには二つの理由がある。第一に、ルソーの社会契約の根底に、儒教的倫理をもってきたことです。つまり、自由民権運動の根底には儒教があった。兆民は自由民権運動の敗北後に、社会主義に向かいます。幸徳秋水もそうです。日本の社会主義者がほとんどキリスト教徒か、ないしはそれを経由した人たちであるのに、兆民および秋水の自由民権主義や社会主義が、いわば「孔孟の道」に根ざすものであったことは注目に値します。

第二に、兆民が「東洋のルソー」と呼ばれる理由は、ルソーの『社会契約論』を漢文に翻訳したことにあります。その翻訳が中国・朝鮮で広く読まれた。これは珍しい例です。しかし、このことも、兆民の読むルソーがすでに「東洋のルソー」だったからだといえます。

とはいえ、兆民はルソーとは違っていました。それはむしろ「東洋のルソー」だったからではなくて、イギリス的であったからです。ジュネーブ共和国をモデルにして考えたルソーの理論が共和主義的であり且つ代表議会制を否定するものであったのに対して、兆民は立憲君主制と議会主義を支持する立場に立っていました。そのことは、彼が国会開設を唱え、また、「君民共治之説」(一八八一年)を唱えたことから明らかです。

兆民は、「共和制」は語源からいって、君主の有無とは関係ないと主張しました。たとえば、君主がいない国家においても、権力の独占、専制政治がある。一方、立憲君主制のように、「政権を以て全国人民の公有物と為し一に有司に私せざるとき」は、共和制の趣旨に合う、というのです。これは別にルソーに反する考えではありません。ルソーも同じことをいっているからです。しかし、代議制に関しては、兆民はルソーの考えに反して、イギリスの政体をモデルにしています。

幸徳秋水も師の考えを受け継ぎました。『廿世紀之怪物帝国主義』(一九〇一年)の中でも、天皇についてつぎのように述べています。

日本の皇帝は独逸の年少皇帝と異り。戦争を好まずして平和を重んじ給ふ、圧制を好まずして自由を重んじ給ふ、一国の為めに野蛮なる虚栄を喜ばずして、世界の為めに文明の福利を希ひ給ふ。決して今の所謂愛国主義者、帝国主義者に在らせられざるに似たり。然れども我日本国民に至っては、所謂愛国者ならざる者寥々として晨星《しんせい》也（『近代日本思想大系13　幸徳秋水集』筑摩書房、四六頁）

秋水は『社会主義神髄』を書くなど、すでに社会主義者でしたが、一九〇五年頃までは、ドイツの「社会民主主義」の線で考えていた。つまり、議会主義を肯定していたわけです。たとえば、彼は堺利彦とともにマルクス・エンゲルスの『共産党宣言』を訳して平民新聞に載せましたが、それはボルシェビズムとは無関係です。晩年のエンゲルスは、議会による社会主義革命が可能だと考えていました。のみならず、同時期に、秋水は「社会民主党建設者ラサール」という論文を書いています。ラッサールは、宰相ビスマルクと政治的に提携した国家社会主義者です。

したがって、秋水は、テロリズムに走る「無政府主義」を斥けていました。それを「今の国家社会に対する絶望」の産物として同情的に見てはいるのですが。《然り無政府党の害毒は恐る可し、然れども彼等をして此に至らしむる国家社会の害毒は更に恐る可し、一篇の治安警察法は能く之を防止する所以に非ざる也》（「無政府党の製造」）。

一九〇四年の時点まで、大逆事件と結びつくような秋水は存在しません。実は、それ以後も存在しないのですが、秋水が一九〇五年ごろ、反君主制、反議会主義に転じたことは確かです。それはなぜか。その原因は、日露戦争にあると思います。一般に、戦争状態においで、国家は革命運動に対して過敏になります。実際、日本軍はロシアに革命が起こるのを期待し、そのために革命運動を支援する工作をしたことは有名です。しかし、それは、逆にいえば、日本のなかで革命運動が起こるのを極度に恐れることになる。たとえば、幸徳秋水のように戦争中に非戦論を唱えるようなことは、危険な利敵行為になるわけです。

こうして、日露戦争中に、幸徳秋水ら社会主義者への弾圧が露骨になりました。たとえば、幸徳秋水と堺利彦が訳した『共産党宣言』が平民新聞に載ったあと、すぐ発禁になり、さらに、社会主義協会の解散、平民新聞の廃刊に追いこまれた。その上、秋水は禁錮五ヶ月の刑で、巣鴨監獄に投獄された。帝国主義戦争の下で、日本の政体は、明治憲法にもとづく立憲君主制から、ロシア帝政と同じような専制体制に変容したのです。

このような弾圧の経験が、彼に「今の国家社会に対する絶望」をもたらしたということができます。しかし、他方で、彼に希望を与えるものが、ロシアの方から登場しました。それは、日露戦争の結果起こった一九〇五年の革命（第一次ロシア革命）です。その背景にロシアの社会革命党があった。出獄した幸徳秋水は、米国に向かい、そこでロシアの社会革命党員らと親しくつきあいました。そして、ゼネスト、直接行動という考えに希望を見出したのです。

秋水が知ったのは、アナルコ・サンディカリズムです。ついでにいっておくと、一九世紀の古典的なアナキズムの運動は、パリ・コンミューンで崩壊しました。その後、アナキストは、フランスでは一八九〇年代前半にテロリズムに訴えたのですが、逆に孤立して衰退してしまった。アナキズムが再活性化したのは、サンディカリズム（労働組合主義）をとることによってです。サンディカリストは、『暴力論』のソレルが代表的ですが、労働者階級がゼネストによって権力をとりうることを主張した。ソレルがいう暴力 violence とは、ゼネストのことです。同様のことが、幸徳秋水が唱えた「直接行動」についていえます。それは間接的な代表制（議会選挙）とは違った、ゼネストによる革命を意味します。それはテロリズムとは無縁です。

一方、ロシアでは、ナロードニキの「人民の意志」派による、一八八一年のアレクサンドル二世の暗殺が、アナキズム運動を壊滅させる結果になりました。その後に、クロポトキンのように、マルクス主義的認識を半ば受け入れる「無政府共産主義者」、さらに、アナルコ・サンディカリストが有力になります。しかし、ロシアのアナキズムでは、ナロードニキ以来のテロリズムが全面的に否定されることがなかった。社会革命党にも、それが根強く残っていました。

したがって、ロシアの社会革命党の影響を受けた人たちの中から、テロリズムを志向する者が出てきても不思議ではありません。その結果、宮下太吉や秋水の妻管野須賀子ら四名が天皇暗殺を計画するにいたった、ということができます。しかし、幸徳秋水はその計画に全く関与していないと私は思います。天皇制打倒に関しても、テロリズムに関しても、彼は反対であったからです。それがわかっているので、秋水の妻も彼に相談しなかったのでしょう。しかし、秋水は「大逆事件」がでっち上げられたとき、弁解しなかった。

一方、日本の権力中枢は、三、四人のちっぽけな計画、というより空想を、幸徳秋水など多数の社会主義者が参画する天皇暗殺の大陰謀にでっち上げた。それはアナキストにとって「冬の時代」をもたらしたのですが、しかし、日本の君主制にとっても決して好ましいことでなかった。それによって、彼らは、日本の皇室の長い歴史を〝ロシア化〟してしまったからです。大逆事件を強行した元老山縣有朋は、以後、力を失い、中江兆民と親しかった元老西園寺公望が力をもつようになりました。そこで、美濃部達吉の「天皇機関説」が通説として受け入れられ、「大正デモクラシー」が成立したのです。

日本とロシアの政治体制を同一視したのは、第一次ロシア革命後のアナキストだけではありません。第二次ロシア革命（一九一七年）後のマルクス主義者も同様でした。コミンテルンの指導に従って、日本共産党は、すでに普通選挙制が存在する時代に「君主制打倒」を第一に掲げ、それによって弾圧されただけでなく、大衆の支持を無くした。一方、それを逆用して形成されたのが、天皇制ファシズムの体制です。この時期、大逆事件があらためて強調されたのです。

8

大逆事件で新宮グループのリーダーとして処刑された大石誠之助（一八六七―一九一一）はどうでしょうか。彼は一八九〇年に渡米し、オレゴン州立大学、カナダのモントリオール大学で医学を学び、九六年に帰国しています。同年、新宮町で医院を開業した。そのとき、彼は貧民、とくに被差別民の面倒を見たので、毒取る（ドクトル）と慕われたといいます。

アメリカでは一八八六年にシカゴのヘイマーケット広場で発砲事件があり、アナキストが四名死刑になる事件がありました。大逆事件のような冤罪です。しかし、その結果、一八九〇年には「メーデー」が始まり（今も世界中で続いている）、反資本主義的な運動が一層盛んになったのです。この時期に留学したのなら、大石はアメリカで社会主義者になったのではないかと思われるのですが、そうではなかった。彼はその後、一八九九年、伝染病研究のためシンガポールおよびインドのボンベイ大学に留学しました。特に、ボンベイ滞在中に、カースト制の実態を知り、社会主義の思想に目覚めたといわれます。

しかし、「毒取る」と呼ばれた逸話が示すように、大石は新宮で医院を開業した時点から、被差別部落の問題にコミットしていました。それは社会主義思想以前の倫理にもとづくもので、たぶんキリスト教が背景にあります。彼の長兄（余平）はキリスト教徒となり、一八八四年に新宮教会を創設した。三男の誠之助をアメリカに送ったのも余平です。つまり、大石の背景には、兆民や秋水と違って、むしろキリスト教、そして、ブルジョア的なモダニズム文化があったといえます。

とはいえ、大石が新宮でもった影響力は、社会主義思想によるものでした。たとえば、仏教の僧侶らが彼の影響を受けたのです。臨済宗妙心寺派の峰尾節堂や、真宗大谷派、浄泉寺の高木顕明です。彼らは、伝統的な仏教宗派の枠組を越えて活動しました。彼らが天皇暗殺を考えることなどありえないのですが、幸徳秋水がたまたま大石の診察を受けるため新宮に立ち寄ったという出来事があったため、大石らの新宮グループが天皇暗殺の共同謀議をしたという嫌疑をかけられたのです。

大逆事件の結果、新宮は罪深い呪われた町とみなされるようになったのですが、その後、ある意味で奇妙なことが起こっています。大逆事件以後、大石の長兄の息子、西村伊作が東京で文化学院を創立した。これは大正ヒューマニズムあるいは大正モダニズムを担うものとなりました。これは大石一族の財力を示すものであり、また、ある意味で大石誠之助の志を受け継ぐものです。

大逆事件のあと「冬の時代」が来たといわれますが、実際は、まもなく大正デモクラシーが開花し、普通選挙が認められるようになった。そのような変化に貢献したのが、大逆事件で死んだ大石の一族であったわけです。さらに、新宮からは、大正・昭和にかけて日本のモダニズム文学の先端に立つ作家が出てきました。佐藤春夫です。ただ、彼らは皆、新宮の外で活躍しました。しかし、新宮の内部はまるで違います。ここには、大逆事件の爪痕がそのまま残った。つまり、「冬の時代」はむしろ新宮に残ったのです。中でも、それは「路地」に濃厚に残った。それが、中上健次の生まれ育った所です。

中上が新宮高校で文学を目指したとき、旧制新宮中学出身の佐藤春夫を意識したのは当然です。しかし、むろん、佐藤春夫の文学のようなものを目指さなかった。ちなみに、佐藤春夫が書いた『田園の憂鬱』(一九一八年)は、都市生活に疲れた男が武蔵野の田園に移り住むというアイロニカルな作品ですが、これが国木田独歩の延長であることはいうまでもないでしょう。さらに、中上と同世代で、それを受け継いだ作家が、先ほどいったように、村上春樹です。一方、中上は佐藤春夫があえて目をふさいで見なかったものを見ようとした。それが大逆事件であり、大逆事件の後の新宮の現実です。

9

最後に、中上健次の小説について述べます。私が彼に初めて会ったのは一九六八年頃ですが、当時二一歳の彼は、新宮のことを小説に書きたいといっていました。新宮には、大逆事件を通して、日本社会の矛盾が凝縮されている。それはまた、南朝の天皇を始め、歴史的にいつも敗者が逃げてきた熊野というトポスと重なります。しかし、どのように書けばよいのか。彼はそれを模索していたのです。

私は彼の話を聞いて、フォークナーを読むように勧めました。何となく、彼の話がフォークナーと合うような気がしたからです。彼はすぐに『アブサロム、アブサロム!』を読み、読み終えると、フォークナーを理解できるのは俺だけだ、と豪語していました。あとから思うと、本当にそうだ、というほかありません。中上はフォークナーから、新宮という社会に鬱積するものを解放する手がかりを得たのです。「俺は日本のフォークナーになる」と彼がいい始めたのは、その意味においてです。

フォークナーの世界は、南北戦争で敗れた後の南部の世界です。そこには、屈辱的な地位に置かれた貧しい白人、奴隷身分から解放されたがやはり差別されている黒人がいる。しかも、もともとフランス領であったルイジアナ州はいうまでもなく、南部は北部のヤンキーとは違って、ヨーロッパと直結する伝統をもっていた。さらに、それはハイチのようなラテン・アメリカ世界ともつながっている。要するに、南部は、さまざまな矛盾、転倒、倒錯に満ちた錯綜した世界です。

フォークナーは一九五五年に来日したとき、私は日本人が理解できる、なぜなら、われわれは共にヤンキーに敗れたからだ、と語りました。今思い返すと、彼の発言は示唆的です。一般に、アメリカの南北戦争(一八六一—六五年)は、南部の奴隷制を廃止するための戦争であるといわれています。しかし、南北戦争は、北部(ヤンキー)が南部の経済を支配下におくための帝国主義的戦争であった。実際、それ以後、ヤンキーは、ハワイ王国を滅ぼし太平洋を越えて東アジアに登場したわけです。また、彼らの帝国主義的侵略はいつも、奴隷を解放するとか、民主化する、人権を擁護する、といった大義名分のもとでなされる。今もそれは同じです。

フォークナーの来日にあたって世話役をした大橋健三郎によると、彼は東京や京都ではなく、日本の南部のような所に行きたいと希望した。それで、長野で講演することになったわけですが、私は、フォークナーは南紀州に行くべきだったと思います。南紀州は明治以後の産業資本主義の発展の中で周縁化され低開発化された「南部」です。さらに、熊野には、近代以前から南朝をはじめ政治的な敗者が逃げ込むアジール、聖域としての伝統があったのですが、その上に、大逆事件が重なったわけです。したがって、このような世界を描こうとした中上に、フォークナーが絶好の参照例を提供したことは疑いありません。

フォークナーの場合、矛盾に満ちた南部世界は、『アブサロム、アブサロム!』という作品における、トマス・サトペンという人物に凝縮されます。彼は貧窮に生まれ、ミシシッピー州にやってきた男で、そこに大農園=王国を形成しようとする。しかし、それを後継する男子を得ようとして、失敗します。彼が生ませた腹違いの子供らが知らずに近親婚的な関係になってしまうのです。サトペンが許せないのは、自分の後継者に黒人奴隷の血が混じってしまうことです。しかし、サトペンは、自分の農園にいる少女に子供を産ませるのですが、その祖父に殺されてしまいます。最後に、小説はこのような順序で書かれているのではなく、老女の回想などを通して、といっても、それらの綜合において全貌が徐々に見えてくるような仕掛けになっています。

『アブサロム、アブサロム！』は、その題から明らかなように、旧約聖書の物語を下敷きにしています。中上健次が新宮の小説群（サガ）を構築するにあたって、この作品からさまざまな影響を受けたことは明らかです。たとえば、彼はサトペンのような人物を造型しようとした。浜村龍造という人物がそうです。つぎに、この人物のプロジェクトを妨げるものとして、その子供たちの近親相姦（『岬』）や兄弟殺し（『枯木灘』）をもってきた。これも『アブサロム、アブサロム！』における旧約聖書『サムエル記』に出てくる話です。さらにいえば、『千年の愉楽』におけるオリュウノオバの語りは、『アブサロム、アブサロム！』における老女の語りに喚起されたものだといってよいでしょう。

しかし、このような類似性において見ると、逆に、差異性もまた明らかになります。つまり、中上健次がもともと考えていた固有の問題が明らかになります。それはミシシッピー州とは異なる南紀州の歴史にかかわるものです。そしてそれは、究極的に大逆事件に集約されるのです。

浜村龍造は、外から新宮の路地にやってきた者ですが、そこで「蠅の王」として蔑まれたことから、路地を支配し自らの王国を築く計画をもつようになった。中上はこの人物を、戦国武将でありながら一向一揆に加担し、鉄砲部隊を率いて「仏の国の理想」のために織田信長らと戦った鈴木孫一の伝説と結びつけました。現実には、龍造はその「理想」とは正反対のことをやっているのですが。息子秋幸は、そのような父と戦うことになります。

秋幸を主人公とする小説は、『岬』に始まり、『枯木灘』、『地の果て 至上の時』にいたるまで、秋幸と、実父である龍造との戦いを描いています。ただ、最初の二作は『アブサロム、アブサロム！』と類似したものです。その伝でいえば、次の『地の果て 至上の時』では、秋幸による「父殺し」が成就されるだろうと予測できます。しかし、龍造は唐突に自殺してしまいます。それを見た秋幸は、「違う」というほかありません。

では、『地の果て 至上の時』において、何が〝違って〟きたのだろうか。先ず、龍造の権力意志の背後に、もう一人の人物の権力意志が見えてきます。それは路地の土地を買い占めた佐倉という人物です。佐倉が最初に登場したのは、秋幸の母フサの生涯を書いた『鳳仙花』で、このとき、大逆事件、大石一族とのかかわりが暗示されます。中上はドクトル大石についてつぎのように書いています。

合図は診察室の硝子《ガラス》窓をコン、コン、コンと三つたたく。山仕事や木馬《きんま》引き、それから下駄なおしが多かったので医者にかかる余分な金がないのを知っていたので、そのコン、コン、コンと三つの合図を送ると無料《ただ》になった。その医者の兄が、佐倉に養子に入り、その子が今の佐倉だった。(『鳳仙花』)

つまり、大石誠之助の甥が佐倉の養子に入り、その息子が路地の山・土地を占有したということになります。

何もかも佐倉がやった。新しい世の中を作ると言って、浄泉寺で檀家の路地の者らにえらい人らを呼んで来て説教をきかせ、毒取るという医者や浄泉寺の和尚が天子様を殺害しようとしたかどで逮捕されてから、その毒取ると評判の医者の血筋にあたる佐倉が、路地から木馬《きんま》引きや山仕事の男衆を何人も傭い、字の読み書き出来ぬそれらに前借りさせて盲判をおさせ、その結果、路地の山も土地も紙切れの上ではことごとく佐倉のものになった。(同前)

そして、この佐倉に番頭として仕えたのが浜村龍造です。そうすると、路地を支配しようとする龍造よりもっと前に、佐倉がそうしようとしたことになります。では、なぜ、大石一族から佐倉のような者が出てきたのでしょうか。大逆事件のあと、路地の者はそれまで世話になった大石一族に対して冷淡であった。ゆえに、路地の者を怨み、その土地を巻き上げてしまった、というような事情があります。

むろん、このような歴史的事実があったわけではありません。大石一族の者が路地の土地を所有したことは事実ですが、佐倉のような悪辣な人物ではなかった。新宮の被差別民のために闘ったドクトル大石の子孫が、被差別部落の土地を占有し支配する王となった、というのは、中上の創作です。では、なぜ中上はそうしたのか。

先に述べたように、大石一族は新宮の外で、大石の意志を受け継ぐような行動をしています。それは「冬の時代」を越えて大正文化につながった。しかし、新宮に残った「冬の時代」はどうなったか。無惨なままです。東京の文化学院が大石のポジであるとすれば、佐倉という人物は大石のネガです。新宮では、佐倉という人物において、大逆事件が、そして、それがもたらした「冬の時代」が生きている。そうであれば、路地を支配する地主が誰であろうと、ある意味で、大石のネガが支配している、といえます。

浜村龍造は佐倉に仕える番頭でした。しかし、『地の果て 至上の時』では、秋幸が出会う佐倉は、龍造の陰にいる「もっとしたたかな悪の権化」という噂とはまるで違っています。彼は龍造に裏切られ土地を巻き上げられてしまった、無力でボケた老人にすぎない。こうなると、龍造の野心は、佐倉あるいは大石一族とは違ったものに見えてきますが、実はそうではない。佐倉を裏切った龍造こそ、佐倉の意志を受け継いでいる、と佐倉は考えます。のみならず、龍造の息子、秋幸も。

「佐倉さんよ、こりゃ、浜村龍造の子じゃけど俺の弟じゃ」文昭がそう言うが、佐倉の老ボケした頭の中で急に時間が混交したのか、日が当る明るい部屋で若い浜村龍造に向いあっているように「同じやの」と言う。

佐倉は言いたかった。今と過去が同じだし、佐倉と浜村龍造が同じだし、浜村龍造と秋幸は同じだ。（……）佐倉は思い描く。天子様暗殺謀議で検束されていくオジを屈強の者らは救けもしなかった。ドクトルと呼ばれたオジとオイの佐倉も同じだった。同じものの中に違いがあるなら日向と影、右と左、上と下の違いだった。（『地の果て 至上の時』）

大石誠之助とその甥佐倉、その番頭の龍造、その息子秋幸らは同一であり、ただ「日向と影、右と左、上と下の違い」があるだけだ。つまり、これらの人物は、大逆事件のポジとネガとしてある。このように見るとき、秋幸とは何者か？ 彼はいわば、大石誠之助＝幸徳秋水の再来です。

中上が創った世界では、佐倉＝龍造は、大逆事件がもたらした「冬の時代」に対して報復しようとしていました。しかし、その報復は、国家ではなく、路地の者に向けられた。彼らはそこに王国を築いた。ところが、路地の中からそれに挑戦して来る者がいた。それが秋幸です。秋幸は、大石＝幸徳の回帰としてあらわれたのです。

一方、龍造自身は、秋幸を戦国時代の武将浜村孫一と見なし、自分は秋幸の息子だといいはじめます。このとき、もはや「父殺し」がありえないことが予告されています。しかし、龍造はむしろこういうべきではないでしょうか。秋幸、お前は幸徳秋水で、自分はお前の息子だ、と。つまり、大石＝幸徳のネガにすぎない龍造の前に、本物の大石＝幸徳がやってきたとしたら、ネガなどは消滅するほかない。したがって、龍造は静かに縊死するのです。

龍造に対する秋幸の闘争は、路地の再開発をめぐってなされます。それは路地を消してしまうものです。住民には小綺麗な団地の住宅が分配されるでしょう。むろん、それは見かけにすぎない。従来の被差別部落は消えても、差別は残るからです。また、それ以後に、大石ら新宮グループらの名誉回復がなされました。その意味では、大逆事件は片づいたことになります。むろん、そうではない。

路地の再開発は実際にあったことです。それは路地だけでないし、新宮だけでもない。日本中でなされた。その結果、日本中がバブルに沸き立つようになったのです。それは旧来の慣習、差別、特権などを一掃するように見えます。しかし、それはあらゆる質的差異を富の格差に還元することです。路地の再開発は、日本で新自由主義（新帝国主義）が制覇することの前触れでした。では、誰がこれに対抗できるか。秋幸、つまり再帰した幸徳秋水です。

最後に、秋幸は路地に火を放ちます。そうしなくても消滅するだろう路地を、彼が自ら焼いてしまう。路地は消える。しかし、彼は、路地が世界中にあること、また、それが新たに産出されることを予感しています。新宮は大逆事件から解放された。しかし、大逆事件のようなものは世界中に起こるだろう。中上健次は、新宮で路地の問題、大逆事件の問題が消滅したのちに、そこでの闘争が世界中に拡散することを予感した。中上健次没後二〇年の現在、われわれはそれを実感できるようになってきています。

帝国の周辺と亜周辺

1 釜山と大阪

私はここ釜山で講演することをとても喜ばしく思っています。招待して下さったキム・ヨンギュ教授をはじめとする釜山大学の方々にお礼を申し上げます。また、今日、ここに来て下さった皆さんに感謝します。私は、今日、韓国と日本の歴史について話すように頼まれてきました。それについて話す前に、幾つかいっておきたいことがあります。

私が釜山大学人文研究所からの招待に応じたのは、一つには、以前から、釜山のインディゴという、若い人たちがやっているグループと知り合いだったからです。インディゴはアソシエーションとして、自主的な教育活動に取り組む傍ら、英語で本を出版しています。その一つがジジェクに対するインタビュー本で、これは最近、日本で出版されました(『ジジェク、革命を語る』青土社)。彼らは次に、私のインタビューを出すそうです。インディゴの人たちとつきあいながら、私が考えるようになったのは、このようなグループがなぜソウルではなく釜山に生まれたのだろうか、ということです。

私が感じたのは、釜山の人たちにはソウルに反撥する気持が強いということです。私にはその事情がわかるような気がします。日本でもそういうことがあります。たとえば、大阪や京都の人たちは東京中心主義に対する反撥があって、東京を経ずに、直接、海外に向かう傾向がある。私はその気持ちがわかります。というのは、私自身が大阪の出身だからです。厳密にいえば、隣接する尼崎市ですが。私は一九六〇年以来、ほとんど東京に住んでいますが、東京は本質的に嫌いです。私の考え方・生き方の根底に大阪的なものがあるのです。

大阪は徳川時代に日本の経済的中心であり、幕府が派遣した大坂町奉行がいたものの、ほとんど町人の自治によって運営されていました。大阪は、武士であることが恥ずかしくなるような平等主義的な社会でした。そのような伝統が明治以後も残っていた。在日朝鮮人の多くが大阪に住んだのもそのためだと思います。また、大阪には、京都・東京とは異なる知的伝統がありました。それは大阪の町人らが設立した懐徳堂や適塾などに代表されるものです。それらが徳川時代に日本の学問の先端を行っていたのです。

今や、大阪はもっぱら漫才、お笑いで知られています。しかし、この漫才も、大阪出身で東京大学に行ったコミュニスト秋田実が弾圧を避けるため大阪に戻って創始したものなのです。すなわち、それは大阪の知的伝統の一環です。実際、日本橋には大きな古本屋街がありました。それは第二次大戦後、電気屋街になってしまった。また、現在は、ますます大阪の知的伝統は消滅しつつある。その上、差別主義的な風潮が出てきた。今の大阪人は昔の大阪を知らないのです。

一方、釜山はソウルに次ぐ大都市ですが、朝鮮戦争時代、事実上の首都として、全国から知識人が集まった所であったのに、今や、もっぱらお笑いとヤクザで知られる所になってしまったと聞きました。その点では、大阪も同様です。ただ、釜山にはまだ大きな古本屋街が残っていますけど。だから、私は、釜山の知識人がソウル中心主義に対抗しようとすることが理解できます。それはたんなる郷土愛ではないと思うのです。

それに関して、カントから引用したい文章があります。カントがコスモポリタニズムを唱えていたことは、よく知られています。実際、彼は、自分の国を特別だと思うようなナショナリズムは「妄想」にすぎない、根絶すべきものだ、と述べています。ただ、その後に奇妙なことを言っているのです。

諸民族が合流するよりは、反発力によって互いに抗争するというのが、摂理の意図するところであるので、国としての自負とか、国同士の憎み合いなどは、諸国家を分離しておくために、不可避のこととなる。（他の民族を嫌う理由はさまざまであるが、）いずれの場合も、ある民族は他国よりも自国を愛するのである。各国の政府はこの妄想を歓迎する。これが、われわれが本能に任せて互いに結合したり分離したりする、その世界編制のメカニズムなのだ。一方、理性はわれわれに法を与えて、本能は盲目だから、われわれの中の動物性を導くことはするけれども、理性の格率によってとって代わらねばならない、と教えるのである。そうなるためには、ここに述べた国家の妄想（Nationswahn）は根絶やしにされるべきであり、祖国愛（patriotism）と世界市民主義（cosmopolitism）がそれにとって代わらなければならない。（「人間学遺稿」『カント全集 15』岩波書店、四一〇頁、なおドイツ語はカントの原文にもとづく）

カントがナショナリズムに対して、世界市民主義をもってくるのはわかります。しかし、私が驚いたのは、彼がナショナリズムに対して、世界市民主義とならべて、パトリオティズムをもってきたことです。最初、私はとまどった。パトリオティズムを祖国愛と訳すと、どうしてもナショナリズムと重なってしまうからです。それなら、郷土愛と呼んだほうがいいでしょう。が、郷土愛といっても、やはり誤解が生じます。まもなく理解したのは、カントが、これら三つの概念を一定の関係において把握しているということです。だから、それぞれを切り離して別々に定義してはだめなのです。

要するに、カントはつぎのように考えているといっていいでしょう。コスモポリタニズムはナショナリズムに背反するけれども、パトリオティズムとは両立する。つまり、人は、郷土愛をもちつつ、世界市民となることができる。あるいはこういってもいい。世界市民はどこにも生活の足場がないような抽象的な人間なのではない。世界市民は、具体的にさまざまな文化に根ざさなければならない。むしろ、そのような人たちこそが、世界市民になりうる、ということです。

カントはケーニヒスベルクという都市を出ることなく生涯をおくりました。それは、今ではロシアに属しているような周縁の都市で、政治的には無力でありながら、経済的・文化的にはバルト海の交易で栄えていた都市です。彼がいうパトリオティズムは、いわば、ケーニヒスベルクへの愛なのです。カントは乞われても、けっして、ベルリンの大学には移らなかった。ベルリンはプロシアの首都であり、国家の中心です。彼はそれを拒否して、ケーニヒスベルクにとどまった。だから、この郷土愛は、彼が世界市民であるということと、まったく背反しないのです。

ベルリン、あるいは、東京やソウルの人たちには、郷土愛がありません。あるとしても、郷土愛がそのままナショナリズムと直結してしまうからです。彼らは、大阪や釜山の人たちを、世界から後れた狭い地域に閉ざされていると考えるでしょう。そして、自分たちは世界に開かれている、と。しかし、そうではないのです。彼らがいう世界とは、所詮、ナショナリズムという「妄想」にもとづいているものです。逆に、大阪や釜山のように、中心から離れた場所に立って考えることが、むしろ、世界市民的なものにつながる可能性がある。私は特に、インディゴの人たちと出会ったとき、そのことを考えさせられました。だから、次に韓国に講演に行く機会があれば、釜山にしたい、と考えていたのです。

2　世界システムの歴史

私が釜山で日韓の歴史について語ることを承諾したのは、以上のような気持があったからです。ソウルではなく、釜山で。この場所でなら、ナショナリズムという「妄想」を越えて、日韓の歴史について話すことができるのではないか、と考えたのです。

そこで、話を始めますが、先ずいっておきたいのは、日本と韓国の二国だけをとりだして、その歴史を語ることはできない、ということです。近代以後であれ、近代以前であれ、日本と韓国の関係は、それ以外の諸国家との関係をとると理解できません。それ以外の国家というと、何よりも中国です。ただ、それらの関係を、たんに通時的に見るだけではだめです。重要なのは、それらが置かれた構造です。

ここで私は、世界=帝国と世界=経済を区別するところから始めます。この区別はウォーラーステインおよびブローデルによるものです。世界=帝国は、旧世界帝国であり、世界=経済は、近世以後の世界市場経済です。この二つは、一見してよく似ています。どち

B　略取と再分配 （支配と保護）	A　互酬 （贈与と返礼）
C　商品交換 （貨幣と商品）	D　X

図１　交換様式

B　世界＝帝国 （支配と保護）	A　ミニ世界システム （贈与と返礼）
C　世界＝経済 （近代世界システム）	D　世界共和国

図２　世界システムの諸段階

B　国家	A　ネーション
C　資本	D　X

図３　近代世界システム（資本＝ネーション＝国家）

らも、中心、周辺、半周辺という構造があるからです。しかし、実は、その内実はまるで違います。

私は、この二つを交換様式から見ることによって再定義しました（図1）。一口でいうと、世界＝帝国では、交換様式Bが支配的であり、世界＝経済では、交換様式Cが支配的です（図2）。

世界＝帝国は軍事的な征服にもとづいていますが、たんにそれだけでは成立しない。それが存続するのは、略奪や強制ではなく、一種の交換にもとづくからです。たとえば、征服された側が、中心に対して服従し貢納することで、保護を得るという「交換」。これが交換様式Bです。このような交換ができなくなれば、帝国は崩壊し、新たに形成される。世界＝帝国では、中心、周辺、亜周辺、そして、その圏外という空間的な構造があります。

この場合、帝国の中心が周辺・亜周辺を直接に収奪することは、ほとんどありません。周辺諸国は中心に朝貢しなければならない。しかし、それによって、むしろ、貢納した以上のお返しをもらう。それは朝貢というかたちをとった貿易です。帝国は、諸国家・共同体の間に、平和、そして交易をもたらす。そして、そこから利益を得るのです。以上が、帝国の原理です。

一方、世界＝経済は、交換様式Cに根ざしています。つまり、それは商品交換にもとづくものです。征服や略奪によるのではない。ここでも、ウォーラーステインがいうように、中心、半周辺、周辺という構造があります。が、世界＝帝国とはまるで違います。第一に、ここでは、圏外が存在しない。どんな奥地であれ、世界の隅々まで囲い込まれるのです。第二に、旧来の世界＝帝国もここでは周辺部におかれてしまいます。第三に、したがって、亜周辺のようなものも存在しえない。

くりかえすと、世界＝経済の特徴は、強制的な貢納ではなく、合意にもとづいて商品交換を行うことにあります。しかし、それによって、剰余価値を得るのです。すなわち、世界＝経済は、中心部が交易を通して周辺部から収奪するシステムです。そして、ここでは、中心はたえず移動します。

そして、世界＝経済ではもはや旧帝国のようなものは成立しない。帝国の原理がないからです。世界＝経済は近代世界システムであり、その単位は、資本＝ネーション＝国家です（図3）。それを拡大しようとすると、帝国ではなく、「帝国主義」になるだけです。

3　世界＝帝国における、中心・周辺・亜周辺

今日、私がお話ししたいのは、世界＝経済の中に入る以前の東アジア、つまり、西洋列強が侵入してくる以前の東アジアの構造についてです。いいかえれば、それは世界＝帝国の構造です。私はそれを、東アジアを例にとって話します。なぜなら、他の地域の帝国と

違って、中国では豊富な史料が残っているからです。

まず、中華帝国における「周辺」から考えます。それは多種多様です。たとえば、トルコ系（匈奴）、ウィグル、キタイ、モンゴル、満州人（女真）などは、周辺にいる遊牧民ですが、中心に従属したわけではない。中華帝国の外に帝国を築き、あるいは、侵入して帝国を作った。彼らがむしろ「中心」となったわけです。

彼らは中国の文化や制度に全面的に同化することはなく、むしろ草原にいたときの原理を保持しました。たとえば、契丹文字や西夏文字、また、モンゴルのパスパ文字などが作られた。その点では、チベットも同様です。チベットも吐蕃帝国を作り、唐をおびやかす存在でした。チベットはその後も、遊牧民によって建てられた元帝国や清帝国に従属したとはいえ、基本的に自治を保っています。中国文化の影響は少なく、漢字も受け入れなかった。元と清の時代には、逆に、チベット仏教（ラマ教）が強い影響力をもちました。

つまり、彼らはたんに周辺的だということができません。むしろ、典型的に「周辺」的だと考えられるのは、コリアとベトナムです。いずれも中心によって征服され、また、それにたえず抵抗しながら、帝国の冊封の下にあり、また、中心の文明制度を全面的に受けいれた民族です。あとでいうように、ベトナムで起こったことはコリアで起こったことと類似しています。

それが周辺的なものの典型だとすると、日本は少し違います。日本も中国の制度を受け入れているのですが、コリアやベトナムと違って、受け入れが選択的であった。日本人は中国の文化・制度を形だけ受け入れても、事実上は、受け入れず、しかも、廃棄・排除することもせず、自分らに必要なかぎりで維持する、というようなやり方をしたのです。また、日本人はそうすることができるような場所にいた。私はこれを、亜周辺的だと考えます。

日本の国家は、七世紀から八世紀に、隋や唐から律令制度を導入しました。それは中国の帝国を中心と見なし、それに対して自らを位置づけるものです。しかし、このような変化は日本だけにおこったのではない。隋唐王朝の時期に、東アジアのどこでもおこったことです。日本が違っているのは、帝国の中心からきた文化・制度を、外見上は採用しながら、実質的には実行しなかったことです。たとえば、最初から文言だけがあって、まったく実行されなかった法令があります。それは近親婚を禁止する法令です。日本では王族・貴族から庶民にいたるまで、双系制的であり、また、近親婚的でした。家父長制にもとづく中国の制度や儒教は、明らかに実情に反していました。しかし、彼らは近親婚を禁止する条項を守ることをせず、かといって、それを廃棄することもしなかったのです。

このことは、他の事柄にもあてはまります。たとえば、七世紀から八世紀にかけて、律令制の根幹として公地公民制が実行されましたが、それはまもなく形骸化されて荘園制となり、それが律令制国家とは異なる貴族政治（摂関政治）をもたらした。もちろん、日本だけではなく、唐王朝自体をふくめて、他の国家でも、律令制国家は没落したのですが、日本が特異なのは、律令制が実行もされなかったが、廃棄もされなかったということです。

現実には、律令制に反して、荘園制が生まれ、さらに、それが解体されて、領主制と郷村制が生まれ、武家政権（鎌倉幕府）ができました。そのとき、新たな法令「貞永式目」が出されたのですが、律令制は廃止されなかった。律令制はむしろ、武家の法を根拠づけるものとして保持されたのです。以後、数々の政権が登場したが、律令制は廃止されることなく、明治維新まで続いたわけです。実は、明治維新＝「王政復古」も形式的には律令制にもとづいています。

日本のこういうやり方は、いったい、何なのだろうか。日本で、それを問題にした学者は少なくありません。ただ、彼らはそれを、中国と比較して考えようとした。つまり、日本人が中国の文化、制度をどう受けとめたか、という観点から見たのです。明治以後の日本に関しても同じです。今度は、中国にかわって、西洋と日本を比較する。西洋の文化・制度を、日本ではどう受けとめたか。つまり、日本と中国、日本と西洋という視点しかないのです。

律令制の導入ということは、日本だけに起こったのではない。帝国の周辺全域に起こったのです。また、公地公民制（均田制）が十分に機能しなかったのも、日本だけではない。コリアでも同じです。そもそも唐でもうまくいかなかった。したがって、日本で起こったことの特徴は、中国だけではなく、コリア・ベトナムで起こったことと比較しなければわからないはずです。

もう一つ大事なことがあります。隋唐の制度が東アジア全域に普及したのは、たんにそれが先進文明国の制度だったからではない、ということです。隋・唐帝国は、それまで周辺にあった遊牧民（鮮卑）が創った国家北魏を受け継ぐものです。隋・唐帝国は、秦漢帝国とは違って、いわば、周辺が中心となった、画期的な帝国なのです。北魏は、それまで孟子の説として知られてはいたが、どの王朝も実行したことのない、均田制を初めて実行した。隋・唐帝国の時期にいたって、それが帝国の周辺部に拡がったわけですが、それも不思議ではない。もともと、これは帝国の周辺部から来たものだからです。

日本に特徴的なものは、たんに中国と日本を比較することではわからない。かといって、たんにコリアと日本を比較することでもわからない。東アジアにおける、帝国の構造を見ないとわからないのです。帝国の構造とは、私が「中心」「周辺」「亜周辺」と呼ぶ構造です。

4　武家政権

古代史を見ると、高句麗、新羅、百済が争う「三国時代」の段階までは、コリアとヤマトにはさほどの違いが見当たりません。ヤマトも、この三国の争いに絡んでいた。そして、半島における状況が、ヤマトにも大きく影響した。ヤマトで「大化の改新」と呼ばれる出来事（六四五年）があったのは、そのためです。それまで、ヤマトの部族連合体では、その中で選ばれる首長が大王《おおきみ》でした。「大化の改新」は、首長制国家であった状態から、集権的な国家を創ろうとするものです。

この背景には、半島の危機があった。新羅は唐と結託して、ヤマトと近い関係にあった百済を滅ぼしたのです（六六〇年）。滅亡した百済勢の多くがヤマトに亡命した。それに対して、ヤマトは百済救援のために派兵したのですが、大敗に終った。それが白村江の戦いです（六六三年）。それ以後、ヤマトは半島とのつながりをもたなくなります。コリアにおいて統一新羅の時代は、日本で奈良・平安時代と呼ばれる時代です。おそらく、この時期に、日本は半島とは違った、独自の方向に進み始めたということができます。

しかし、この独自の方向を可能にしたのは、何よりも、日本が中心から離れていたということです。ベトナムもそうですが、コリアのような「周辺」には、中心からの圧力が直接的にかかってきます。日本に対しては、それは間接的なものであった。そして、そのことが「亜周辺」を特徴づけるのです。

コリアの場合、漢王朝のころからその支配が直接に及んでいました。新羅、百済、高句麗という「三国」も元来、漢の郡県制による区分に根ざしていたわけです。そして、漢、三国のなかで、新羅が百済や高句麗を制圧したのは、唐と結ぶことによってですが、その後に、唐と戦い、コリアを統一しました。しかし、統一新羅時代に中国から独立するとともに、中国化が始まったといえます。政治的には独立しても、帝国からの脅威はつねにある。それに対して、帝国からの冊封を受け、また、積極的に中心のシステムを取り入れることによって存立を図るようになったのです。

同じことがベトナムについていえます。ベトナムも漢帝国のころから中国の統治下にありました。以後、何度もなされた反乱が失敗に終り、呉権がベトナム人の国家を創建したのは、九三九年、唐帝国の崩壊後です。しかし、それによって「中国化」が終ったわけではなく、むしろそのときから本格化します。中央集権的な体制の確立とともに、文人官僚制が定着し、儒教思想が普及しました。一三世紀には、科挙制度が始まった。

ところが、日本ではむしろ中国離れは、八世紀ごろに見られます。それまで、大王《おおきみ》と呼ばれていたものを、「天皇」と呼ぶようになった。そして、国号を「日本」とした。これは一見すると、中国化に見えますが、実は違います。たとえば、「天皇」という呼称は異様です。皇帝より上位の概念ですから。こんなことは、周辺部ではありえません。ヤマトの朝廷は中国に対する公式文書でそのように記したのですが、唐帝国がそれを許容したのは、たんに、日本が遠いところにあったからというほかありません。さらに、唐は高句麗との戦争で苦しんでいたし、背後の日本を敵に回すのは愚かだ、という判断もあったでしょう。いずれにしても、天皇とか、日本とかいった名称は、日本が東アジアの帝国の中にあるとともに、その外にあったことを意味します。それが「亜周辺」ということです。

中国離れといっても、もちろん外見上はその逆です。中国文明を模倣し、官僚制国家を創ろうとしていたのです。たとえば、奈良・平安時代には、官僚育成機関としての大学寮が作られた。しかし、結局、官位は生まれながらの身分によって決まった。このような所では、科挙のようなシステムはありえません。コリアの場合、新羅では日本と似たり寄ったりでしたが、高麗では科挙がかなり進んでいます。以来、文武両班（ヤンバン）の官僚体系が整備されるようになった。さらに、文官が圧倒的に優位にあり、文尊武卑の傾向が強くなったわけです。

日本では、このような事態はまったく生じなかったのです。平安時代のあとに、武士の政権、すなわち、鎌倉幕府（一一九〇年頃）ができた。むろん、高麗王朝でも、文官に対する武官の対抗がありました。いわゆる武臣政権です。武臣らが作った都房（トバン）は、日本の幕府に似ています。時期的にも、日本の武家政権、鎌倉幕府の成立と平行します。

日本で土地の私有化とともに、非公的な荘園制が普及し、公的な支配の外に武家の権力や法が芽生えてきたように、当初公地公民制を実行した高麗でも同じような事態が生じたわけです。その上、北方の遊牧民国家（契丹）などが侵入する危機があった。武臣政権をもたらしたのは、そのような内的・外的な危機です。事実、その後、武臣政権（崔氏）はモンゴル（元）に征服されて滅びました。しかし、三〇年以上にわたって抵抗した。最後は、高麗人は元の指令で日本を攻めたのですが、陰に陽に抵抗を続けた。モンゴルの日本征服が失敗に終ったのは、神風（台風）よりもむしろそのためでしょう。

このような平行性がありますが、高麗の場合、武臣はやはり武官、すなわち、官僚です。つまり、律令政治の枠組に属するものでした。一方、日本の武士は、官僚ではありません。奈良・平安時代には、律令国家の下で武官がいましたが、いわゆる武士が生まれたのは、そのような国家機構の外ないし辺境です。

律令制国家の機構の外に私有地（荘園）が発展すると、国家にかわって、警察・裁判のような仕事を受け持つ者が必要になった。武士がその役目を果たしたのです。彼らは、中央の国家機構とつながる武官ないし棟梁と、主従関係を結んだ。平家や源氏という集団は、そのようにしてできました。主として、平家は西国あるいは海、源氏は東国あるいは陸を基盤にしています。

この武士らがむすぶ主従関係は、「封」を介した互酬的（双務的）関係です。それが封建制です。これは集権的なピラミッド型の官僚組織にはなりません。また、この主従関係は互酬的なので、軍事的貢献に応じた恩賞を臣下に与えないと続かない。たとえば、モンゴル来襲に対する戦争では、たんに防衛するだけで獲得した領地がないから、北条政権は恩賞を与えることができなかった。そのために、封建体制が揺らぎ始めたのです。それを利用して、後醍醐天皇が王政復古を唱えた。しかし、その結果、中央集権国家どころか、長い戦乱が続くことになったのです。その最後が、朝鮮に出兵した豊臣秀吉の政権です。

5　天皇制

日本では、官僚制が弱かったために、武士政権ができた。では、なぜ日本で官僚制が弱かったのか。あるいは、日本ではなぜ儒教が定着しなかったのか。このことは、古代日本の国家、そして、天皇制の問題と関連しています。先ほど、祭司＝首長であった大王が、天皇となった、といいました。しかし、天皇は、実際の権力をもつことはなく、祭司的な権威として存在しました。実権をもったのは、貴族であり、その後は武士です。さらに、武士の政権も、鎌倉時代から徳川時代まで、つぎつぎと変わった。しかし、天皇だけは残った。

これは中国や周辺の諸国ではなかったことです。中国ではたえず、王朝の交替があった。そして、王朝の交替を正当化する観念が発展した。それは儒教（孟子）にもとづく、易姓革命という観念です。易姓革命はたんなる権力交代ではなく、政治的な理念の問題です。王朝の正統性は、天命によって与えられる。そして、天命とは、民意です。民意に反すれば、王朝は存在できなくなる。実際、中国の新王朝は、民衆の反乱を契機にして、創設されました。元や清のような征服王朝でも、やはり、民意＝天命を実現しないと、存続することができない。武力だけではやっていけない。この点で、儒学を学んだ官僚が不可欠だったのです。

韓国でも、統一新羅、高麗、朝鮮王朝という変化は、王朝の交替ですから、それを正当化する理論が必要だった。当然、文官、儒学者が必要になります。だから、儒学が不可欠です。たとえば、朝鮮王朝は民本主義を唱えたチョン・ドジョンの理論に基づいています。しかし、日本では、そのようなものは必要ではなかった。外見上は、儒学があり官僚もいましたが、別に必要はなかったのです。それは、王朝の交替がなかったからです。天皇の正統性はたんに血統によるので、何らかの能力あるいは行為によるのではない。そのことは、女帝が数多かったことからいえます。また、幼児天皇もあらわれた。では、実権をもった者の正統性はどうかといえば、それはもっぱら、天皇を掌握することから得られたのです。実権をもった者は、貴族であれ武士であれ、その命令を、天皇の詔として発した。天皇の詔があれば、官軍であり、なければ賊軍です。そして、〝勝てば官軍〟である。彼らが実際に何をするかは問われない。ゆえに、天皇も実際の権力者も、その存立根拠を問われることはなかったのです。

日本では、「天命」というような考えには縁がなかった。「天命」は、中国の場合、たんなる観念ではありません。それは、具体的には史官という官僚制とつながっています。史官が統治者を容赦なく論評する。たとえ同時代にそれを弾圧しえても、後の時代に対してそうはいかない。のみならず、そのような弾圧をしたこと自体が、批判的に書かれる。それがわかっているので、支配者は歴史を意識してふるまうようになります。

韓国でも同じです。統一新羅、高麗、李朝の交替は、武力によるものですが、それが存在するために、その正統性を示さねばならない。それをめぐって、たえず、王・官僚・儒者らが議論する状況が生じます。しかし、日本では、そんな議論はありません。裏で談合することはありますが、公的に議論にすることはまったくない。このような伝統は、現在の日本の政治的組織、経済的組織に残っています。

6 表音文字

私がここまで述べてきたのは、日本では律令制の導入にもかかわらず、官僚制国家が成立しなかったということです。中国の文明を受け入れているのに、まるで違うものになった。どうしてこのようなことがありえたのか。私はそれを「亜周辺」ということから説明してきたのですが、ここで、それをもう一つの点から考えてみます。それは文字の問題です。

官僚制はどこでも、官僚が文字（知識）を独占することに基づいています。東アジアでは、そのような文字が漢字です。漢字は書き言葉であり、音声と関係なく、誰もが自らの音声で読むことができます。その意味で、漢字は周以来、帝国の言語として広がった。つまり、漢字は周辺・亜周辺にも広く用いられた。とはいえ、漢字は習得することが大変難しいものです。漢字の読み書きができる者とそうでない者の間には、決定的な格差が生じる。その意味で、官僚の権力は漢字に基づくといえるわけです。

文字に関していうと、表音文字は、誰でも簡単に修得できます。誰でも文字にアクセスできることは、官僚制の力を削いでしまいます。はるかに古い歴史をもつエジプトでは、文字修得の困難な状態が続いたにもかかわらず、官僚は文字を簡易化しようとはしなかった。なぜなら、簡易化すれば、官僚の特権的な力が失われるからです。

朝鮮王朝では一五世紀に、世宗が表音文字のハングルを創って公布しました。彼がそうしたのは、根本的には、官僚の支配から王権を取り戻すためでした。したがって、このプロジェクトは官僚の抵抗を受けました。公布以後も、公的な場では使われなかった。そのため、普及しなかったのです。

それとは対照的に、日本では、八世紀から一〇世紀にかけて、表音文字の仮名が創出されました。それは特定の誰かが作ったのではなく、漢字を表音的に利用した万葉仮名を使用しているうちに、自然発生的に生まれたのです。万葉仮名は、七世紀末に編まれた『万葉集』で使われたからそう呼ばれるのですが、七世紀以前に成立したと思われます。固有名を漢字の音を借りて表記する方法は、もともと中国にあったし、コリアでも三国時代に、漢文を、漢字を表音的に用いた文字記号で補足して読む「吏読」が発達していました。日本の万葉仮名はそれを受け継ぐもので、たぶんコリアからの帰化人がもちこんだものです。ただ、コリアではあくまで漢文を読み書くことが主ですから、漢字を表音的に使って固有語を表記する方向には進まなかった。

日本では、このような万葉仮名が一般的に用いられるようになりました。一つには、日本語の音声が母音子音ともに単純であり、そのため、万葉仮名の数も少ないので、修得するのが容易であったからです。さらに、それが自然に、簡略化されるようになった。たとえば、「いろは」という音は、万葉仮名では「以呂波」という漢字であらわされますが、「以呂波」を草書体で簡略化して「いろは」という仮名が創られた。また、字の一部だけをとると、イ、ロ、ハという片仮名ができる。だから、仮名や片仮名によって日本の表音文字ができたといわれるのですが、重要なのは、先ず万葉仮名が定着したことです。

なぜ万葉仮名が定着したのか。それは何より官僚制が弱かったからだ、ということができます。万葉仮名を使えば、わずかな漢字を覚えるだけで、日本語の音声を表現することができる。これは、漢文の読み書きができる能力を特権としている官僚にとっては困ることです。だから、コリアにおいてそうであったように、官僚制が強ければ、万葉仮名が普及することはなかったでしょう。また、逆に、万葉仮名や仮名が普及したために、官僚制の強化が妨げられたといえます。

たとえば、コリアには武官に対する文官の優位がありましたが、それは根本的に、武官が漢詩文を十分に読み書きすることができないということから来ています。漢詩文に習熟しようとすれば、「武芸」に専念する暇がない。ゆえに、どうしても文官が優位に立つのです。しかし、日本の場合、武士は漢字仮名交じり、最低でも仮名で書けばよかった。たとえば、武家法である「貞永式目」は、漢字仮名交じりで書かれています。日本でも、徳川時代になると、幕府のイデオロギーとして朱子学を採用し、武士は一種の官僚として漢学を学ぶ義務をもつようになりましたが、それ以前は「武芸」が中心で、学問などやらなかった。それでもさほど困らなかったのは、仮名があったからです。

7　亜周辺性と世界＝経済

日本で武家の政権が生まれたのは、中央集権的な官僚国家体制ができなかったからです。封建制は、主君が土地を与えるかぎり、主人に忠誠を誓う、という個人間の契約関係にもとづくものです。これは支配―服従の関係であるとともに、互酬（双務）的な関係です。主人が臣下の活動に対して恩賞を与えないと、終わってしまう。武士の政権は、このような関係にもとづいていたのです。

しかし、それは一五、六世紀に崩壊していった。それは、日本の社会に、集権的な国家による統制がないため、交換様式C、すなわち、市場経済が拡がったからだと思います。各地に都市が生まれた。そして、これは日本の内部だけから起こったことではない。この時期に、いわば、「世界＝経済」が日本に及んだのです。メキシコを経由したスペイン、ポルトガルらとの交易が始まった。日本人も大勢、交易のために東南アジアに渡りました。国内では、堺などの自立的な都市が興隆した。

それらに加えて大きかったのは、鉄砲の到来と普及です。西洋では鉄砲の普及が騎士の存在理由を無化しましたが、日本の武士にとっても同じです。それぞれが恩賞を期して、名乗りを上げ一騎打ちで戦うというような光景は、もはやありえない。事実上、武士は不要になったのです。多くの大名の競合の中で覇権を握った織田信長は特に鉄砲を活用したことで知られています。信長やその後を継いだ豊臣秀吉の時代には、鎌倉時代にあったような封建制、あるいは、互酬的な主従関係は成立しなくなっていました。たとえば、秀吉はおそらく賤民の出身でありながら最高位（関白太政大臣）に立った。これは「下克上」の極みであり、封建的な主従関係や身分制が消滅したことを示すものです。

このように、一六世紀末には西洋の絶対王権のような体制が形成されようとしていました。実際、信長や秀吉はスペインやポルトガルとの交易や宣教師らとの交際を通じて、それを熟知していました。信長は自らを絶対的な主権者とみなしていたようです。信長の地位を継承した秀吉は、逆に皇室に接近し関白となったのですが、それに満足することはなく、明を征服して皇帝となることを考えた。実際、そのために、朝鮮半島に攻め込んだのです。

しかし、彼の考えは根も葉もない誇大妄想だとはいえません。彼の企図の背後に、戦国時代を経て強化されてきた軍事力だけでなく、東南アジアにいたる広域通商圏があった。明朝はそこから内に閉じこもろうとしていました。だから、明に代わって、それを制覇しようと考えたのは、別に奇矯ではありません。要するに、この時期すでに、日本は「大航海時代」の世界＝経済にコミットしていたのです。秀吉の誤りは海洋国家を目指すかわりに、陸の帝国を目指したことにあります。そのため、簡単に挫折してしまった。しかし、ある意味で、日本国家が明治以後にやろうとしたことを、秀吉はいち早く実行し、そして、いち早く挫折したといえます。秀吉の生存中には彼に服従しその死後権力を握った徳川家康は、すぐさま、このような路線を撤回しました。

8　徳川体制とは何か

徳川体制は奇妙なものです。ある意味で、徳川家康は、秀吉がしでかしたことの後始末をはかったといえます。つまり、日本が壊した旧来の東アジアの秩序を取り戻そうとした。

秀吉の侵攻と破壊のあとですから、朝鮮との関係を修復するのは容易ではなかったのですが、家康はそれに真剣に取り組みました。たとえば、将軍の交代とともに、朝鮮通信使を迎えるようにした。朝鮮王朝との関係修復は、朝鮮を冊封する明や清との関係を回復することでもある。その意味で、徳川家康は、東アジアにあった帝国とその周辺という世界秩序を回復しようとしたのです。

それはつぎのような意味をもちます。信長や秀吉の体制は絶対王政に近いところがあった。しかし、徳川は、そのような方向を否定したのです。西ヨーロッパの絶対王権は、領主の封建的特権を奪い、彼らを宮廷貴族・官僚の中に組み入れました。信長も長生きしていれば、そうしたでしょう。それに対して、徳川は封建領主（大名）をそのままにした。また、絶対王政が重商主義政策をとり富国強兵をはかったのに対して、徳川はまったく反対のことをしたのです。

第一に、鎖国政策をとった。もちろん、オランダとの交易を続けたし、また、中国・コリアとの交易も続けたけれども、その程度の海外交易では、一六世紀にあったような経済発展はありえない。さらに、「士農工商」という身分制を作って、商人をその最下位に置いた。実際には、たえず、商人の力に屈していたのですが。徳川はこのように、一六世紀に世界市場とつながって開花した商人資本主義を抑えようとしたのです。

また、家康は朝鮮王朝の朱子学を導入して、幕府の公認の教義としました。儒教を優位に置くことは、戦国時代にあった価値を否定するものです。それはいわば、礼楽を武に優越させることだから。にもかかわらず、家康は文官による官僚制国家を作ろうとはしなかった。武士階級を従来のままにとどめたのです。というのも、徳川は武家政権としての正統性を必要としたからです。また、徳川は尊皇を唱えた。もしそうしなければ、他の大名がそうするだろうからです。したがって、徳川体制では、古代律令制が生き残ったのです。

さらに、徳川幕府は軍事的な発展を停止させました。鉄砲などの開発を他の大名に禁じただけでなく、幕府自身もそれを凍結した。要するに、徳川は絶対王権なら行うであろうことを、すべてやめてしまったのです。徳川の原則は、経済発展であれ、軍事的発展であれ、拡大主義の否定です。一六世紀に世界市場あるいは近代に向かっていた日本の社会は、徳川によって、それを押しとどめられたといえます。要するに、徳川幕府は一六世紀に開かれた世界＝経済（交換様式C）の浸透を抑えようと懸命に努めたのですが、結局それはできなかった。それは内部から、徳川体制を侵食しただけではない。同時に、それは外部から、開国を迫る米国の黒船としてやってきました。

明治維新のあとに、日本は急速に産業資本主義的発展を遂げました。しかし、それは、明治時代に始まったものというより、一六世紀に一度存在し、その後徳川時代に抑えられてきたものが、その軛《くびき》を外された結果だというべきです。明治日本の帝国主義者が秀吉を担いだことも、その意味で、当然でした。

一方、韓国はどうであったか。秀吉軍を撃退した李朝は、その後に、厄介な問題に出会いました。それは、彼らが夷《えびす》として蔑視してきた女真（満州族）のヌルハチが、明王朝を倒して清朝を築いたことです。そこで、李朝の人たちは、明の文化を真に受け継ぐのは自分らだと考えた。つまり、李朝こそ〝中華〟だという観念を抱くようになったのです。一九世紀半ば、アヘン戦争後、清朝がそれなりに近代化を図ろうとしていたとき、〝中華〟意識を強くもつ李朝は開国を拒否しました。しかし、これは、ある意味で、〝周辺〟に特有の現象だということができます。

このような周辺の韓国と亜周辺の日本が、一八七〇年代の世界的文脈の下に、際会した。そして、その後にどうなったか。それは皆さんがよくご存じのことです。

（注）講演の内容は『帝国の構造――中心・周辺・亜周辺』（青土社、二〇一四年）にもとづいている。詳しくはそれを参照されたい。

「哲学の起源」とひまわり革命

1　イオニアのイソノミア――アテネの民主主義との違い

今日私は、台湾で『哲学の起源』が刊行されるに際して、何か話すようにと頼まれてここに来ました。私がこの本を書くことを考えたのは、『世界史の構造』（二〇一〇年）を出版して間もないころです。私は、つぎの仕事として、ギリシアのことを考えていました。それは『世界史の構造』では、全体のバランスを考えて、ギリシアについて十分に書くスペースをとれなかったからです。

なぜギリシアか。西洋の思想家はヘーゲルから、ベルクソン、ハイデガー、アーレントにいたるまで、ギリシアに世界史的に特異なことがあったこと、それは今も模範にすべきものだということを言い続けてきました。私は別にそれに反対ではありません。しかし、私は、ギリシアを「西洋」として見るのは、まさに西洋中心主義的な偏見だと思います。

ギリシア文化は、エジプト・ペルシアなどアジアの文明の中で、その中心から離れたところに生まれた。それを独特にしたものは、いわば、それがあった位置です。

先ずいっておくと、ギリシア文明が、現在も見本にすべき何かをもっているのは、それが高度に進んだ段階にあったからではありません。むしろ、ギリシアは、中心から見て、遅れた未開の段階にあったのです。ただ、アジアの文明からまったく離れたところにいたのではなく、かといって、それに完全に従属してしまうほど周辺にあったのでもない。私はそれを周辺と区別して、亜周辺と呼びます。亜周辺では、中心から文明を取り入れるのですが、それを選択的に行う。いいかえれば、中心から文明を取り入れても、嫌なものは取り入れない、ということです。そのように亜周辺的であることが、ギリシアがアジア的な文明、すなわち専制国家への道をたどることを妨げたのです。

ギリシアの社会が遅れた段階にあったということは、具体的にいうと、氏族社会が残っていたということです。マルクスも、ギリシアにポリスが濫立し統一国家ができなかったのは、そのためだといっています。さらに、ギリシアにデモクラシーが生じたのも、氏族社会が残っていたからだといえます。氏族社会には、一種のデモクラシーがあるのです。氏族その有名な例は、アメリカのイロクォイ族です。彼らは部族連邦を形成し、定期的に議会を開いた。ここでは、多数決はありません。反対がなくなるまで討議を続ける。また、彼らは互選で首長を選ぶ。このようなシステムは狩猟民の部族社会に限られない。多かれ少なかれ、遊牧民の社会にもあります。

ここで、ついでにいっておきますが、西洋の思想家が、ギリシア的なものが、ローマを経てヨーロッパに伝えられたと考えることについても、注意が必要です。ギリシア的なものがヨーロッパに伝えられたのはなぜか。それは、ヨーロッパが非アジア的で高度な文明をもっていたからではありません。その逆に、ヨーロッパが未開的、つまり、氏族社会的なものをもっていたからです。それについては、エンゲルスの指摘が的確です。

他方、中世の農奴は、じじつ、階級としてのみずからの解放を徐々になしとげた――、そういう形態を彼らが発展させ、それをもっぱらおこなわれる形態に高めることができたとすれば、そのことは彼らの未開性のおかげでなくてなんであろうか？　この未開性のためにこそ、彼らは、完成された奴隷制には、つまり、古代の労働奴隷制にも、オリエントの家内奴隷制にも、まだ到達していなかったのである。

ドイツ人がローマ世界に植えつけた、およそ活力あり生命をもたらすものすべては、未開性であった。じっさい、未開人だけが、瀕死の文明に苦しむ世界を若がえらせる能力をもっている。そして、民族大移動以前のドイツ人がそれにむかって、またそのなかにあって前進していった未開の高段階こそ、この過程にとって最も好都合なものであった。このことで万事の説明がつく。（「家族、私有財産および国家の起原」『マルクス＝エン

ゲルス全集　第21巻』大月書店、一五七頁）

しかし、そのような未開性がただちにギリシア的な文明をもたらしたのかというと、そうではありません。たとえば、それ以前に南下してきたギリシア人が作ったクレタやミケーネの国家は、エジプト的な専制国家でした。つまり、氏族社会から専制国家へと進むほうが、むしろ普通なのです。ギリシアにもそのような傾向がありました。氏族社会の伝統は残ったけれども、それはむしろ、伝統的な家柄にもとづく貴族制としてです。したがって、ギリシアにおけるデモクラシーはむしろ、その意味での氏族制を否定することによって生まれたのです。

では、そのような要素はどこから来たか。それは、ギリシア本島ではなく、彼らが植民したイオニアのポリスに生まれたといえます。イオニアは現在トルコの海岸地帯に位置します。イオニアへの植民者たちは、氏族社会にあった平等性を維持しつつ、同時に、氏族社会の排他性を脱した、ポリス（コンミューン）を作った。このイオニアのポリスにおいて、イソノミアという原理が生まれたのです。

のちに、アテネで、ソロンのような人たちが、貴族制が支配的となった社会に、イソノミアの原理を導入しようとした。そこでできあがったのが、アテネのデモクラシーです。しかし、実は、イオニアのイソノミアとアテネのデモクラシーは、本質的に違います。このことに関して、私はハンナ・アーレントから、一つのヒントを得ました。

アーレントが指摘するように、＊＊クラシー（-cracy）とは、支配という意味です。デモクラシーは多数者支配である。それに対して、イソノミアは無支配（no rule）である、と彼女はいいます。私はそれに従って、イソノミアとデモクラシーを峻別するところから出発します。もっとも、アーレント自身は、それ以上にこの問題を考えていないのですが。

アテネのデモクラシーは、現代のデモクラシーと違うということがいわれます。それは直接民主主義であり、現代の代表制民主主義とは違う、とか。しかし、私の考えでは、そんなに違いはありません。たとえば、アテネの民会では、女性、外国人、奴隷は参加できない。したがって、彼らの意向は考慮されない。それは今日の代表制民主主義と似たようなものです。ゆえに、アテネのデモクラシーを参照することによって、現代のデモクラシーの欠陥を越えることはできません。われわれが参照すべきなのは、アテネのデモクラシーではなく、イオニアのイソノミアです。

たとえば、現代の社会では、自由と平等は背反します。人々が自由にふるまえば、経済的不平等が生じる。経済的平等を求めると、自由が制限される。つまり、社会主義的になると、自由が拘束される。そこで、自由か平等かということで、たえず抗争が続くのです。アテネにおけるデモクラシーも同様です。無産者が有産者の財産を再分配しようとする。それに対して、有産者が抵抗する。彼らが仲良く一致できるのは、戦争、すなわち、他国から財を収奪する場合です。したがって、アテネのデモクラシーは、いつも、戦争を煽るデマゴーグによって支配されることになります。

しかるに、イオニアのイソノミアでは、自由と平等の背反はありません。そこでは、人が自由であることによって、経済的に平等である。いったい、どうしてそんなことが可能なのでしょうか。イソノミアは、植民者らが作った社会で成立するものです。その場合、第一に、それが本国から独立していること、第二に、植民できる土地が十分にあること。この二つの条件が不可欠です。

私は植民者が形成したイソノミア的な社会として、二つの例を取り上げました。一つは、一二世紀ごろにあったアイスランドの社会です。もう一つは、一八世紀ごろ、ヨーロッパから北米への植民者が築いたタウンです。これについては、アーレントが詳しく論じています。ただし、彼女は、タウンシップがイソノミアと同じであることに気づいていないのですが。

イオニアにせよ、アイスランドにせよ、遠い過去ですが、アメリカのタウンは一八世紀ぐらいですから、多くの資料が残っています。それを見ると、イオニアで起こったことが、ある程度推察できます。たとえば、アメリカでは、入植者はタウンから一定の大きさの土地をもらいます。土地所有の規模は、大体平等です。彼らは、各家族で耕せる以上に大きな土地をもたない。それは禁じられているからではありません。それ以上に土地を広げると、人を雇わねばならないが、雇える人がいないのです。人々は、土地が不足すると、他人の土地で働くより、タウンの外、つまり、フロンティアに向かってしまう。したがって、各人は不要な土地をもちません。ゆえに、財産は平等となる。こうして、自由に移動できるということが、人々を平等にする。したがって、自由が平等をもたらすわけです。

このように植民者が、氏族的伝統ではなく「社会契約」によって新たなポリスを形成したところでは、土地所有において差がないだけでなく、職業上の卑賤もありません。ギリシアの本島では、牧畜・農業・戦士が重視されて、交易や製造業は低く見られた。しかし、イオニアではそのような差別がなく、したがって、交易や製造業の著しい発展があった。そこから、「自然哲学」が出てきたのです。

ちなみに、ギリシアのアルファベットが作られ普及したのは、イオニアです。エジプトでは、文字修得が難しくて、それができた書記が権力をもったのですが、イオニアでは、ほとんどの人が読み書きできた。さらに、彼らは鋳貨を作り、食料などの価格を市場に任せた。したがって、官僚にもとづく国家体制を必要としなかった。ギリシア文化は全体にホメロスの叙事詩を共有するものですが、それが書かれたのもイオニアでした。これは、題材がミケーネの時代からとられているのに、イオニア社会を反映したものです。つまり、イソノミア的なのです。

イオニアで植民者が最初に作ったポリスはミレトスですが、それが一杯になると、植民してつぎつぎと別のポリスを作っていった。その一つであるエフェソスから出た思想家がヘラクレイトスです。さらに、イオニアのポリスが一杯になると、南イタリアに植民した。それとともに、イオニアの文化もイタリアに広がった。パルメニデスのようなエレア学派がその代表です。ヘラクレイトスもパルメニデスも、イオニア的な思想を受けついでいます。彼らはそれぞれ異なったポリスに所属したが、同時に、いわば「コスモポリス」に生きていたのです。

一方、ギリシア本島ではどうか。イオニアと違って、本島のポリスは、牧畜や農業が中心で、貨幣経済が浸透するにつれて、階級格差と対立が生じた。それに対して、二つの対策がありえた。その一つの極は、スパルタの「共産主義」です。彼らは貨幣経済を停止し、軍国主義的な体制を築いた。ここでは、平等は確保されたが、個人の自由はありません。他方で、その対極が、アテネのデモクラシーです。つまり、アテネでは、貨幣経済を維持しつつ、同時に階級格差を防ごうとした。それがデモクラシーなのです。

最初に貴族支配を打倒したのは、僭主です。通常、僭主を倒してできたのがデモクラシーだと考えられますが、デモクラシーは、実は、僭主制を受けついでいます。近代でいえば、ブルジョア革命は絶対王政を倒して国民を主権者とする国家を形成したことになっていますが、実は、それはもともと絶対王政によって作られた枠組にもとづくものです。封建体制では、人々は多くの身分、多くの地域に分かれているので、「国民」という同一性はなりたたない。つぎに、絶対王政の下で、全員が主権者である王の臣下となります。つぎに、ブルジョア革命によって絶対王政が倒されると、そのような臣下subjectが主体subjectとなる。それが主権者としての「国民」(ネーション)なのです。

日本に関していうと、明治維新では、主権者として天皇が不可欠でした。それまで徳川の封建体制の下で多様に分かれていた人々が、すべて天皇の臣下であるということによって、国民=主体が出現したのです。〝大正デモクラシー〟と呼ばれるようなものは、その後に可能となったのです。

同様に、アテネでは、僭主を倒してデモクラシーが成立したようにみえますが、実際は、氏族を越える「デモス」なるものは、集権的な僭主制の下で成立していた。だから、デモクラシーは「デモスによる支配」なのです。簡単にいえば、それは有産者に課税することによって、富を再分配することです。したがって、民会では、有産者階級と無産者階級の争いがつねにあった。先にいったように、彼らの間に文句なく意見の一致が得られたのは、外国を侵略し収奪する政策に関して、です。この点で、アテネの民主政治は、現在のそれと類似するものです。ゆえに、確かにアテネの政治は見本にはなります、ただし悪い見本として。

イオニアにおけるイソノミアは、このようなデモクラシーとは違います。そもそも、イオニアには氏族的な排他性がない。だから、移民を受け入れる。さらに、貧富の差がなかった。当然、男女の差別、外国人の差別もない。奴隷制もない。アテネにあったものが、イオニアにはなかったのです。では、そこに、どのような思想が、つまり、哲学があったのだろうか。それを問うことが、「哲学の起源」を問うことです。

アテネの哲学者は、イオニアの哲学を自然哲学と呼びました。それは、哲学として、まだ初期的な段階だという意味です。彼らの考えでは、ソクラテス以後、初めて、人間的な、道徳的な探究がなされるようになった。しかし、ソクラテスは別ですが、プラトンやアリストテレスのどこに普遍的な道徳性が見られるのでしょうか。たとえば、アリストテレスは、奴隷は生まれつき奴隷である、といっています。つまり、奴隷は自然(フィシス)に基づいている、と。

一方、イオニアの人たちは奴隷制を認めなかった。また、のちにソフィストと呼ばれた人たちもそれを受けついだ。彼らは、自然(フィシス)において、人間は平等であり、市民と奴隷の区別は、人間が作った規範(ノモス)にすぎない、と主張しました。「自然」を問うとき、イオニアの哲学者らは、根本的に人間が何であるか、何をなすべきかを問い直そうとしたのです。

イオニアの自然哲学の流れを汲む者として、私は歴史家のヘロドトスと、医者のヒポクラテスに注目します。ヘロドトスは、まったく自民族中心主義の態度をとることなしに、各国の歴史を考察した人です。つぎに、医学のヒポクラテスは、当時神がかりの病であると考えられていた癲癇を、自然（フィシス）、すなわち脳の障害であると考えた。その点で、彼は明らかに自然哲学を受けついでいます。それだけではない。彼はもう一つのフィシスにもとづいて、医学の倫理を考えました。たとえば、彼は、患者を差別しないこと、患者の秘密を保持することを、医者の鉄則とした。現在まで、それは残っています。だから、イオニアの自然哲学に道徳性への問いがなく、アテネの哲学者にそれがある、などというのは、根本的におかしいのです。

2 ピタゴラス——幾何学と輪廻転生の観念

すでに述べたように、イソノミアを可能にした条件は、植民できるフロンティアが十分にあり、土地が不足すれば他に移動できるということです。逆にいうと、この条件が成り立たなくなってくると、イソノミアも崩壊します。それはアメリカのタウンシップについてもあてはまります。イギリスはインディアンと協定して、植民地の範囲を限定していました。アメリカ人がイギリスからの「独立」を求めたのは、その制限をこえて、インディアンの土地に侵入する権利を得るためでした。

フロンティアが無くなると、イオニアのポリスで、イソノミアは成立しなくなります。土地所有に格差が生じ、階級的な対立が生じる。そして、それを解決すべく、僭主が出てくるようになる。実は、イオニアの哲学者は、このようなイソノミアが危機に瀕したとき、それを擁護しようとした人たちです。イソノミアがあるときは、それが当然と見えるので、誰もその意義を考えない。それが損なわれると、初めて気づくのです。

アメリカのタウンシップについても同様ですが、イオニアにおけるイソノミアは、歴史的に一定の条件によって可能になった。つまり、土地が十分にあるということです。したがって、その条件がなくなれば、存続できません。しかし、それによって、イソノミアの意義が消えてしまうのではない。その意義はむしろ、それが消えてしまったのちにこそ見出されるのです。

私は、ギリシアの自然哲学者はすでにイソノミアが危機に瀕した中で考えていたといいましたが、そのことは、一見するとイオニアの哲学と無縁のように見える哲学者らについてもあてはまります。サモス島のピタゴラスがその一人です。サモス島では、僭主が支配する体制になってしまった。そこで、ピタゴラスは親友のポリュクラテスとともにイソノミアを回復しようと企てたのです。しかし、結局、その親友が僭主になってしまった。そこで、彼はサモス島を離れ、各地を放浪するようになった。インドあたりまで行ったようです。最後に、彼はイタリアにあらわれた。ピタゴラス教団を創始して、学園（のちにプラトンが真似たアカデミア）を作った。

ここから見ると、ピタゴラスにとって、イオニアでの事件が根本的であったはずなのですが、誰もそれを論じない。そして、彼がアジアから導入した神秘思想、あるいは、魂の輪廻転生という観念に注目する。しかし、ピタゴラスが根本的にイオニア的であることは、彼がピタゴラスの定理で今も知られるように、幾何学に固執したことからも明らかです。彼がアジア的思想に影響されたことは事実ですが、それもイオニアでの政治的体験に基づくものです。

ピタゴラスはその後イタリアのクロトンで、かつて失敗した社会改革をやりなおそうとしたのです。彼の教団は、全員が経済的に平等であり、また、男女も平等であるような共産主義的集団です。その場合、彼はかつての経験からつぎのことを学んでいた。一つは、大衆の自由にまかせてはならない、ということです。それは結果的に、大衆の自由を抑圧する独裁制＝僭主制に帰結するからです。もう一つの考えは、指導者が肉体の束縛を越えた哲学者でなければならない、ということです。さもないと、指導者自身が独裁者になってしまうからです。彼の親友がそうであったように。

このような考えには、のちにプラトンがいった哲学者＝王、あるいは哲人政治の原型があります。実際、プラトンはピタゴラス派教団から影響を受けたのです。しかし、プラトンがピタゴラスに共感したのは、彼自身がアテネで経験したことが、ピタゴラスがイオニアで経験したことと類似していたからだと、私は思います。プラトンは、アテネのデモクラシーがソクラテスを殺した、と考えた。ソクラテスの処刑後、彼はアテネから逃れて各地を放浪し、ピタゴラス教団に出会ったのです。デモクラシーへの疑い、そして、哲人政治の提唱は、彼自身のアテネでの経験によるのですが、それはまた、ピタゴラスが経験したことでもあったのです。

3 ソクラテス——ダイモンと広場

つぎに論じたい問題は、このソクラテスに関することです。一般に、プラトンはソクラテスに最も近い人だと思われています。ソクラテスを登場させる対話をたくさん書いたからです。しかし、ソクラテスはプラトンが描いた人物とは大分違います。たとえば、ソクラテスはイオニアの自然哲学者と違って、はじめて、人間、そして道徳性について考えたということになっています。しかし、私はそれを疑います。先にもいったように、イオニアの哲学者らのほうが、はるかに人間的であり道徳的であった。

私はこう考えるのです。ソクラテスはイオニアの哲学を批判したというよりもむしろ、それを取り戻そうとした、というべきではないか。換言すれば、彼はアテネのデモクラシーの中に、イオニア的なイソノミアをとりもどそうとしたというべきではないか。重要なのは、ソクラテスが意識的にそうしたのではないということです。ここが非常に面白いところです。そして、そこにソクラテスの謎があります。

先ず注目すべきことは、彼の所にやってくるダイモン（精霊）です。ソクラテスは、ダイモンのような超自然的な存在を感受する資質の持ち主です。が、そのような人物は現在でも稀ではありません。ソクラテスが特異なのは、ダイモンが指示することが特異だったからです。その中で最も重要なのは、ソクラテスに公人として活動することを禁じたことです。簡単にいえば、民会に行くな、ということです。しかも、正義のために戦え、という。

民会に行くのは、アテネ市民の特権であり義務です。彼の所にあらわれたダイモンがいうのは、それを放棄せよということです。これはアテネ市民にとっては大変なことです。民会で活躍することで、一人前の市民といわれる。金持ちの子弟がソフィストに金を払って学んだのは、民会で立派に振る舞えるようになるためです。ところが、民会に行かず、且つ、正義のために戦え、とダイモンは指令する。

そこで、ソクラテスがおこなったのは、アゴラ（広場・市場）に行くことです。正義のために戦うとは、そこで人々と問答することです。民会が公的な場であるのに対して、広場（アゴラ）は私的な場です。しかし、それは、たんに私的ではない。民会以上に普遍的に開かれた場なのです。たとえば、民会に女性、外国人、奴隷は入れない。しかし、広場にはあらゆる人たちがいる。広場は、民会とは異なるが、一種の議会（アセンブリ）なのです。

民会はデモクラシーと呼ばれている。それは今日、直接民主主義といわれるのですが、実際は、市民という支配層、すなわち、「デモス」が支配するものであり、それがデモクラシーなのです。一方、広場には、「デモス」に入らない人たちが大勢います。では、ソクラテスは広場に何を見出そうとしたのか。それはイソノミア(無支配)だ、と私は思います。もちろん、ソクラテスは意識的にそんなことを考えたのではありません。彼はダイモン(精霊)の指令に従ったのです。

民会と広場。公的なものと私的なもの。それらの価値序列は、アテネでは明白です。しかし、ダイモンはソクラテスに対して、公人として活動することを否定すると同時に、ポリスあるいは政治から身を引くのではなく、私人として正義のために活動せよ、というのです。ダイモンの指令は、いいかえれば、ポリスを公人と私人の区別がないようなものとせよ、ということを意味します。

ところで、公人と私人の区別がない社会、つまり、民会と広場の区別がないような社会が、かつてイオニアにあった。それがイソノミアなのです。それはイオニア没落後に失われただけでなく、忘れられた。ただ、イオニア自然哲学の流れの中にかすかに生きつづけた。ソクラテスは若いころイオニア自然哲学を学んだといわれる。それは、アリストファネスの喜劇『雲』にも描かれています。しかし、ソクラテスは、イオニア的な精神(イソノミア)をそのようにして受けついだのではない。それは、彼の場合、ダイモンの指令という形で想起されたのです。

ダイモンの指令は、フロイトの言葉でいえば、「抑圧されたものの回帰」であって、それは強迫的にやってきます。その結果として、ソクラテスは、アテネにイソノミアを導入しようとした。だから、彼は広場に行ったのです。ソクラテスがアテネのデモクラシーにとって脅威であると見なされたのは、そのためです。プラトンはそれを曲解したのです。

4 ひまわり革命について

私が『哲学の起源』を雑誌で連載し始めたのは、二〇一一年五月ぐらいからです。が、その前の三月一一日に、東日本大震災と福島原発事故があり、さらに、四月には、抗議デモが始まった。私はそのデモに行きました。そして、デモに行きながら、『哲学の起源』を書いたのです。そのとき、私は、ソクラテスがなぜ民会ではなく、広場に行ったのかを理解できたような気がします。

ソクラテスは広場で、誰彼となく、問答をしたといわれる。では、その問答は、どのようなものであったか。プラトンの「対話」編では、じつにスムースに、一定の終り（目的）に向かって進みます。ここで、対話は実際には自己対話、つまり、内省であって、他者との対話ではありません。他者との対話がこんなに都合よく完結するはずがないのです。

たとえば、ディオゲネス・ラエルティオスが書いていますが、ソクラテスの問答法は、しばしば、相手を怒らせた。そのため、彼はしばしば殴られ蹴られた。彼は黙ってそれに耐えていた。友人が訴訟せよといったのに対して、彼はこう答えたという。「だがもし、驢馬がぼくを蹴ったのだとしたら、ぼくは驢馬を相手に訴訟を起しただろうか」と（『ギリシア哲学者列伝』）。

私は国会の周辺に行きながら、こう思いました。国会は、アテネでいえば、民会です。そこでは、選挙で選ばれた人たちが権力をもっている。彼らはデモクラシーだといっている。たしかにそうだ。しかし、では、国会の外にあるデモ・集会は、どういうものなのか。主権者としての国民は、国会の側にいるのか、デモ・集会の側にいるのか。

私はその時期、「二重のアセンブリ」というエッセイを書きました。英語でいうと、議会はアセンブリであり、集会やデモもアセンブリです。議会と、デモ・集会は対立物だと考えられているけれども、本来は同じものです。そして、アセンブリは太古からあります。日本語でいえば、アセンブリは寄り合いです。それはどんな村にもあります。

たとえば、ルソーは『社会契約論』で、人民が主権者となるのはアセンブリにおいてだけだ、と述べました。ところが、彼は、イギリスの代議制（議会制）に関しては、人民は一日だけ主権者で、そのあとは代表者に服従するだけだ、といっています。そうすると、彼がいうアセンブリとは何か。それは議会よりむしろ、デモ・集会のようなものなのです。

実際、ヨーロッパでは、議会はそのようなものとして始まった。

通常、議会とデモ・集会は分離されています。あるいは、まったく別のものと見なされる。しかし、それらが交差する瞬間がある。たとえば、日本で二〇一二年六月に、政府が原発再稼働を強行したとき、何十万の人が連日、国会をとりまいた。もちろん、デモの側は国会に侵入したりしなかった。それどころか、集会のあときれいに後かたづけをしていた。つぎに起こったのは、国会の側から、議員らが抗議集会のほうに挨拶に来るようになったことです。国会の中のアセンブリと国会の外のアセンブリの、どちらが重要なのかと問うてはいけません。どちらも必要であり、一方だけではどちらも成り立たないのです。

私が二重のアセンブリという問題をあらためて考えたのは、二〇一四年三月、台湾のひまわり運動、つまり、立法院占拠の事件のときです。ここでは、デモ・集会の側が、国会の中に入った。つまり、二種類のアセンブリが、短い期間ながら、統一されたのです。むろん、同じようなことは二度とできないでしょう。次は、国家によって阻止されるでしょう。しかし、国家は、主権者としての人民が現れることを、根本的に阻止することはできません。それは必ず現れる。たとえば、それは古代にも現れた。

私は、その一例として、ソクラテスが民会ではなく、広場で問答をしたということをあげたい。ひまわり運動から見ると、ソクラテスが広場で正義のために戦ったこと、そして、しばしば殴られ蹴られたということを、もっと理解できるはずです。私のいう「哲学の起源」は、案外、身近なところにあるのです。

山人と山姥

1

二〇一四年に、私は柳田国男に関して『遊動論』(文春新書)という本を書きました。水田宗子さんにその本を贈ったら、鄭重な礼状とともに、彼女が以前に編集した『山姥たちの物語』(學藝書林、二〇〇二年)が送られてきた。手紙には私が『遊動論』で述べた山人論について知っていたら、山姥について、もう少し深い考察ができたかもしれない、と書いてありました。が、実は、私のほうでも、彼女の論文から教えられることが多かったのです。私は山人について論じながら、山姥について考えていなかったからです。だから、水田さんに講演を依頼されたとき、この機会にそれを考えようと思って引き受けました。

まず私が柳田国男の山人論について書こうと思った理由をいうと、それ以前に、遊動狩猟採集民について考えていたからです。それについては、『世界史の構造』から説明する必要があります。ごく簡単にいうと、私は社会構成体の歴史を、交換様式から見るという観点を提起しました。これはマルクスが生産様式から社会構成体の歴史を見たことを、批判的に継承するものです。

交換様式は、A・B・C、そして、Dからなります（一八八頁参照）。先ず、その最初の様式A、つまり、贈与とお返しという互酬交換について論じます。マルセル・モース以来、未開社会は互酬原理によって成り立っているということは常識になっています。が、それは人類史において最初からあったものではありません。狩猟採集民が遊動的であった時期には、そんなものはなかったのです。問題は、それはいつかにして始まったかということです。

私の考えでは、それは定住とともに始まった。といっても、実は、われわれは、遊動的狩猟採集民の社会がどのようなものであるかを知ることはできません。われわれにわかるのは、現存している、遊動的狩猟採集民ですが、彼らは昔からずっとそうしていたのではないのです。カラハリ砂漠のブッシュマンは、かつて定住したところを追われた人たちです。また、レヴィ＝ストロースが書いているブラジルの遊動民（ナンビクワラ族）も、かつて定住していた時期があった。つまり、今われわれが出会うのは、原遊動民ではありません。

現に残っている遊動民は、山、砂漠、ジャングルのように、人がいない厳しい環境です。

しかし、本来の遊動民は、もっと楽で狩猟採集が容易な地域にいたはずです。現在の遊動的狩猟採集民は、そこから追われて、山、砂漠、ジャングルのような所に逃げ込んだ人たちだといえます。だから、彼らが原遊動民と異なるのは明らかです。ただ、われわれは、それをヒントにして、原遊動民がどうであったかを考えることができます。

たとえば、マルクスは『資本論』の序文で、「経済的形態の分析においては、顕微鏡も化学試薬も役に立たない。抽象力が両者にとってかわらねばならない」と書いています。「抽象力」とは、いわば、思考実験のようなものです。つまり、原遊動民のあり方は、現在の遊動民の調査にもとづくとともに、一定の思考実験によってのみ解明されるものです。すると、大体、つぎのようなことがいえます。原遊動民の社会では、たえず移動するため、物を蓄積できない。ゆえに、余ったものはすべて分けてしまう。客人にもあげる。それに対して、お返しを求めない。常に移動している状態では、お返しする機会もないからです。したがって、そこに、贈与とお返しという互酬性(A)はない。それは他者との関係が継続する定住を前提とするものです。

したがって、互酬性の原理は定住以後に始まったシステムであるといえます。つぎの問題は、なぜ人が定住したのか、です。人々は好んで定住したのではない。たとえば、現在の遊動民でも遊牧民でも、定住することを嫌がります。国家が強制しないと、定住しない。それは定住が、それまでなかった多くの問題に直面させるからです。たとえば、定住すると、大勢の他者と共存することになり、そこからさまざまな葛藤が生じます。それだけでなく、定住は、死者との関係を困難にします。遊動状態では、死者を埋葬して立ち去ればよかった。定住すると、死者の霊と共存しなければならない。だから、人々は定住を嫌います。定住するほうが楽だとわかっている場合でも、定住を避ける。

では、なぜ定住したのか。遊動的な狩猟採集生活ができなくなったからです。それはおそらく、前八〇〇〇年、最終氷河期が終ったころです。氷河が後退し草原となるにつれて、獲物となる動物が減少した。人間は湖岸や海岸に定住して漁撈に従事するようになった。そして、定住すると、簡単な栽培や飼育が自然に始まります。たとえば、飼育といっても、地面に穴を掘ったり、木でフェンスを作って生け捕りにしてきた動物を入れておくだけでいいからです。

日本列島にいた縄文人はどうでしょうか。彼らも定住してきた人たちです。狩猟もしますが、むしろ漁撈に依拠しています。漁撈といっても、主として川で、鮭のように産卵のために川を上ってくる魚をとるものです。縄文人は彼らがもっていた土器からそう名づけられたのですが、土器を作ることは定住と切り離せない。遊動していると、土器など運べないからです。しかし、土器があると、食料の保存が可能になる。つまり、富の蓄積が可能になる。それによって、貧富の差が生じ、権力が発生するようになります。

それを抑制するのが互酬原理です。贈与しなければならない、贈与を受けとらねばならない、贈与に対してお返しをしなければならない。この三原則が強い掟（法）となります。

この原理は、富や権力の集中を抑えます。

つぎに、定住後に生じるもう一つの問題は、先にいったように、死者との関係です。死者の霊（アニマ）は、生きている者を恨む。だから、それをなだめなければならない。そのために葬礼がなされるのですが、これは死者への贈与です。贈与を受ければ、霊の方もお返しをしなければならない。このような死者との互酬的関係によって、祖霊、氏神の宗教が生じます。

呪術もまた、贈与の互酬性にもとづいています。原遊動民の時代にもアニミズムがあったし、万物に霊があると信じられていた。しかし、呪術はなかったのです。それは互酬交換がなかったからです。たとえば、供犠とは、霊に贈与・お供えすることであり、それによって霊にお返しを強いることです。

また、贈与の互酬は、近傍の他部族との関係において、不可欠です。それによって平和を作るのです。婚姻もまた贈与です。つまり、娘や息子を他の氏に贈与することによって、さらに次の代でそのお返しをすることによって、婚姻による紐帯を作ります。だから、外婚制の根底には互酬性原理があります。また、それがインセスト・タブーをもたらす。それは外婚制、つまり、娘や息子を外に贈与するために、内部での性関係を厳重に禁止するものです。原遊動民の段階では、インセストは自然に避けられただけで、特に禁止はなかったといえます。

しかし、問題は、このような互酬交換がどのようにして生まれたか、です。今日の人類学者はそれを問わない。人類学者は通常、遊動的狩猟採集民と定住した狩猟採集民の区別を重視しません。遊動的であるか否かより、狩猟採集民であることのほうを重視しているからです。しかし、人類が定住したことは、画期的な出来事です。定住することによって、互酬原理が成立するようになったのです。では、いかにしてか。

この問題に関して参考になるのは、フロイトの考え方です。彼の考えでは、意識から抑圧されたものは必ず回帰する。そして、抑圧されたものが回帰するとき、それは強迫的なかたちをとる、というのです。それは彼が精神分析から得た認識です。この観点から、フロイトは『トーテムとタブー』を書きました。

フロイトはここで、トーテミズムの起源を問うたのですが、それは同時に、互酬性の起源を問うことです。先に述べたように、インセストの禁止などは、外婚制のために生まれたものです。そのために、近親相姦が厳重に禁止されたわけです。では、それはいかにして発生したのか。フロイトの説では、最初に、すべての女を独占する「原父」がいた。そして、息子たちが団結して、その父を殺した。息子たちは父に対して両価的（愛し且つ憎む）感情を抱いていたので、父を殺したあと、悔恨、罪感情を抱くとともに、父を敬うようになり、父が禁じたことを自ら実践するようになった。すなわち、女たちを断念する。

それがインセストの禁止である、とフロイトはいうのです。

しかし、私は『世界史の構造』で、つぎのようなことを書きました。原父のようなものは存在しなかった。原父は氏族社会の後に出現するものである。つまり、原父とは、国家あるいは家父長的な存在を、過去に投射したものである。それを最初にもってくるのはおかしい。遊動民社会では、そんなものはなかった、と。

フロイトがいう原父は、ダーウィンその他当時の学者の意見です。そして、現在では否定されています。が、私は、原父殺しというフロイトの説を、まったく放棄する必要はないと考えます。たとえば、つぎのように考えればよいのです。定住後の社会では「原父」的な存在が出現するのは不可避的であるから、それをあらかじめ殺す儀式、つまり、このトーテムの儀式をくりかえし行う必要がある、と。つまり、互酬交換によって、定住、蓄積によって生じる富と力の格差を妨げる必要があります。

しかし、そのような目的のために、人々が互酬交換を考案し採用した、などということはありえません。それでは、互酬性のもつ強い反復強迫性を説明できないからです。だから、フロイトは原父殺しを想定したのですが、それではうまく行かない。にもかかわらず、やはりフロイトの認識が必要です。ただし、それは後期のフロイトです。後期のフロイトは、第一次大戦後に戦争神経症患者に出会ったことから、彼らの反復強迫を説明するために「死の欲動」という概念を考えました。それは、有機体が無機質であった状態に戻ろうとする衝迫です。

私は、それと似たことが、遊動民が定住したあとの社会についていえる、と思います。遊動民のバンド社会では、人々は少数であり、また、いつでも他人との関係を切断できた。彼らはいわば「無機質」であった。しかし、定住以後の社会では、それらが多数結合された「有機体」になります。それは葛藤・相克に満ちた状態です。互酬性とは、このような不安定な有機体的状態から無機質的な状態にもどろうとする「欲動」にもとづく、反復強迫的なシステムであると解することができます。

定住後に、人々は、かつての遊動状態に回帰しようとする欲動をもつ。人々が原遊動性を意識することはありません。しかし、意識しないが、それは無意識に残っているのです。この問題に関しては、後期フロイト(死の欲動)から出発したラカンの理論を参照できると思います。私がいう交換様式Aは、ラカンがいう象徴界に対応します。実際、ラカンは象徴界を、レヴィ゠ストロースの親族構造の理論から考えたのです。

遊動民は定住したのち、交換様式Aによって組織された社会を形成した。それは、いわば、象徴界に入ること、そして、象徴界の「法」に属することです。その場合、原遊動性は抑圧されながらも、執拗に残ります。ラカンはそれを、リアルなもの(現実界)と呼びました。現実界は、駆逐されたにもかかわらず、頑固に存在し回帰しようとする。現実界は表象できないが、実在する。

2

以上で、今日話すことの理論的枠組を提示しました。私が具体的に、遊動民について考えるようになったのは、一昨年（二〇一二年）の秋、中国で、中央民族大学という、先生も学生も七割以上が少数民族だという大学で講演する機会があったからです。そこには遊牧民もいたが、雲南省あたりの山地民が多かった。それがきっかけで、柳田がこだわった山人問題を考えるようになりました。

柳田は長期にわたって、多くの仕事をしましたが、彼が一貫してもっていた主題は、山人だと思います。その場合、柳田は「山民」と「山人」を区別したことに注意すべきです。「山民」と「山人」では、本質的な違いがあるのです（以下、聞いて紛らわしいので、山民を山地民と呼びます）。それは、山地民がかつて平地に定住したことがあり、また、その後も何らかのかたちで平地と関係する人たちだという点です。それに対して、山人は平地に関心がありません。

たとえば、『ゾミア』（ジェームズ・C・スコット著）という本があります。最近、日本語の翻訳も出ています。これは、ビルマ、ベトナム、タイ、中国の山岳地帯に住む山地民について論じています。彼らは古くからいる山岳部族の末裔だと思われていたのですが、スコットは、彼らはかつて平地にいたことがあり、国家を拒否して山に逃げたのだというのです。以後も、彼らは平地人と交易している。また、平地に降りて国家を形成することがある。

すると、柳田の区別でいえば、彼らは山民（山地民）です。日本の武士も山地の狩猟＝農民で、山を降りて国家を形成した。同様に、中南米の国家も山間部から降りてきた狩猟民が作ったものですが、彼らも山地民です。

一方、柳田がいう山人は、遊動的狩猟採集民です。といっても、たんに遊動的なのではない。たとえば、現存する焼畑・狩猟民なども遊動的なのですが、山人ではない。彼らは以前に定住したか、あるいは農業などの技術をもつ人たちです。柳田は、山人は、日本列島にいた先住民で、征服者に追われて山に逃げた人たちだ、といいます。しかし、山地民も、ある意味で、山に逃れた人たちです。「ゾミア」の山地民もそうだし、台湾の高山族（カオシャン族）もそうです。彼らは山地民です。山地民も平地の定住者とは違って、遊動的です。しかし、彼らは山人ではない。

したがって、山地民と山人を区別することは難しい。というより、問題は、そもそも山人は存在するのかということです。山人はどうやら、原遊動民のようなものだということができますが、先にいったように、それは現在、どこにもいない。日本だけでなく、世界中のどこにもいない。しかし、柳田は、それは存在すると考えた。そして、それを実証しようとしたのです。

経験的には、山人の存在は確認できません。山人を目撃したと称する人たちによれば、天狗とか妖怪みたいなものに見える。しかし、山人を探そうとすると、見つからない。だから、幻想だということになる。柳田は、山人は幻想ではない、実在だと考えた。山人はまだどこかにいる。彼はそれを証明しようとしたのですが、むろんできなかった。

そのことで、柳田は嘲笑されて、表向きは引っ込めました。しかし、けっしてその考えを棄てなかったのです。日本の民俗学者は山人の存在を否定しました。たとえば、吉本隆明『共同幻想論』は、それを受けついだ。山人は、村人（定住民）の共同幻想だということになります。しかし、柳田はあくまで山人の実在に固執した。そして、私は、それが重要だと思うのです。

彼がこだわったのは、原遊動性ではないかと思います。原遊動性は抑圧されますが、執拗に残る。先ほどいったように、それがラカンのいう「現実界」です。現実界は表象できないが、実在する。それは頑固に存在し回帰しようとする。柳田のいう山人も同様です。山人は表象不可能であり、経験的には見当たらないが、存在するのです。柳田が、山人がいると言い張ったのは、そのためです。

この問題ともつながるのですが、柳田には他にも奇矯な振る舞いを見せました。彼は南方熊楠などに厳しく批判されて、山人論をしぶしぶ引っ込めたのですが、そのあと、一九三〇年ごろから、日本に狼が生存しているという説を唱え始めたのです。そして、南紀州、吉野地方に狼がいるといったため、そこに、狼探索に熱中する人が増えた。

柳田がそういったのは、その近くに住んでいた熊楠への当てつけでないか、という説もあります。それはともかくとして、私は、狼は山人の代理だと見てよいと思います。おそらく、柳田はそれを自覚していなかったでしょう。無意識、すなわち「現実界」にあった原遊動民が、狼として出てきたのだ、と私は思います。そのことは、彼が狼生存説を批判攻撃されて引っ込めたあとに言いだしたものを見ても、明らかです。今度は、柳田は祖霊について語り始めたのです。

祖霊論は、最初の『日本の祭』から、第二次大戦末期の『先祖の話』などに及ぶ仕事です。柳田がいう固有信仰とは、日本の定住農耕民の信仰より前にあった宗教形態です。彼の関心は、いわば原遊動民時代にあったといえます。つまり、彼は「山人」説を引っ込めたのではなく、それを別のかたちで追求したのです。それは彼の意志というよりむしろ、反復強迫的な症候です。したがって、柳田の祖霊論は、抑圧された原遊動民性が執拗に回帰してきたものだ、といえます。

私は四〇年前に柳田についての論文を雑誌で連載したことがあったのですが、以来、ろくに考えたことがなかった。先ほど、中国で講演して山地民のことを考えたことが、柳田を再考するきっかけになったといいました。が、その前に、もう一つ、きっかけがありました。東日本大震災で大量の死者が出たことです。それで『先祖の話』を読み返した。実は、阪神大震災のあとにもこれを読みかえしたことがあったのです。柳田は戦争末期に、大量の戦死者を予期して、『先祖の話』を書いたのですが、私も大量の死者を見て、柳田の本を読みなおしたくなったのです。地震も戦争も、それぞれ、反復的なものです。そして、強迫的なものです。しかし、ここで重要なのは、それとは異なるタイプの反復強迫の問題です。つまり、原遊動性の回帰という問題です。

3

くりかえすと、大事なのは、一見して似ているように見える、山人と山民（山地民）の差異です。別の観点からいうと、原遊動民と、定住以後の遊動民の差異です。後者にはいろいろあります。遊牧民、芸能民、商人など。現在では、遊動民は、ノマド的と称するビジネスマン（ジェットセッター）から、ホームレスに及びます。しかし、それらは原遊動民とは異なる。そして、この差異が重要なのです。

ここまでは前置きです。長い話になってしまいましたが、今日の主題である山姥について考えるとき、どうしても必要なのです。先ずいうと、山姥は山人であると私は思います。山人にも男女があるのは当然です。さもなければ、存続できないだろうから。男女の山人がいるに決まっています。柳田も時折、山人を山男と呼んでいます。一方、山女が山姥です。平地民が、山男に出会って天狗だと思うなら、山女に出会えば山姥だと思うでしょう。また、山男にも老若があるように、山姥も必ずしも年寄りではなく、若い山姥もいます。ただ、「醜悪の基準をこえた異形の女」です。山男も同様で、天狗のような容姿だと考えられているわけです。

ところで、柳田は山男について多く書いていますが、山姥についてはあまり書いていません。たとえば、彼は山姥の二面性に注目した。《近世の山姥は一方には極端に怖ろしく、鬼女と名づくべき暴威を振いながら、他の一方ではおりおり里に現れて祭を受けまた幸福を授け、数々の平和な思い出をその土地に留めている》(『山の人生』)。

しかし、こう見るかぎり、山姥は山人というより、山地民に類するように見えます。つまり、山姥が平地民に対して、愛と憎しみのようなアンビヴァレント(両価的)な態度を示すことは、山姥が平地から来た者であり、平地民に対してアンビヴァレントな感情をもっているからではないか。その点で、山姥は山地民のように見えます。が、やはり山姥は山人である、といわねばならない。そのことを、私は水田さんの論文から考えたのです。

水田さんは、里と野、そして、里の女と野の女を区別します。「野はむしろ里のために必要とされる場、里の生活が円満に運営されることを支えもする周縁の場所」である。たとえば、遊郭や赤線地帯が「野」です。野は里の周縁にある。野の女は、里の周縁領域に生きて、ときには里への侵入者ともなる存在です。里から野に行くことも、野から里に行くこともあります。つまり、野の女が里の女となり、その逆もあります。

一方、山姥は山の女です。つまり、里の女と異なるだけでなく、野の女とも違います。見たところ、山姥＝山の女は野の女と似ています。山姥は里から離れ、山に棲む。しかし、異なるのは、里との関係です。この違いを明確にしたのが水田さんです。彼女は、山姥の特異性を、野の女との対比において見出そうとした。彼女の考えでは、西洋の魔女も野の女です。私の考えでは、山姥と野の女の対比は、山人と山地民の対比に類似します。すなわち、山姥は山人的であり、野の女や魔女は山地民的である、ということができるでしょう。

たとえば、野の女は、平地の社会に対して怨恨と愛着をもっている。西洋の魔女は、現実のジェンダー差別社会から出て、それに抵抗し逆転しようとする者です。つまり、野の女も魔女も、平地社会を否定しながら、それに愛着している。そのようなアンビヴァレントな感情がある。しかるに、山姥にはそれがない。山姥は男性的である、というより、ジェンダーを越えています。山姥には性差がないのです。したがって、山姥は、男女の区別もできないような、奇怪な異形の者のように見えるのです。

先に、私は柳田国男が、山姥の二面性に注目したことについて、そのような二面性は、里に対する両価的感情をもつ、野の女のものではないか、といいました。しかし、よく考えると、そうではないということがわかります。山姥あるいは山人は、里に対してたんに関心がないのです。里に対して冷淡・冷酷なわけではない。冷淡・冷酷な態度は、里に対する愛着から生じる。一方、山人は平地世界に憧れをもたないし、怨恨も敵意もない。平地人にとって、山人は最初「鬼」のように見えます。が、そうでないことに気づくと、今度は、山姥が優しいと思う。山姥の二面性とは、平地民側の理解でしかありません。

ところで、山姥に関する水田さんの見方は、馬場あき子の『鬼の研究』にもとづいています。馬場さんがいう「鬼」は、平地の社会からの脱落者、反逆者がとる姿です。このイメージは、男女を問わず、古代の説話などに見られるものです。中世の能では、般若の面は、そのような鬼となった女の面です。それは、山地民、あるいは野の女のアンビヴァレンスを示すものです。

馬場あき子は般若について歴史的な考察をしたあと、最後に山姥をもちだしました。しかし、それは別に史料にもとづくものではないし、民俗学的調査によるものでもありません。それはもっぱら世阿弥の能『山姥』にもとづくものです。この作品では、山姥は自ら鬼と名乗るのですが、般若とはまるで違った特徴を示します。山姥は、里に対する両価的感情がまったくない。里と交わる必要をまったく感じていないのです。山姥のもつ世界観は、「世俗の塵にまみれつつそこよりの脱出と回生を希った悲憤の般若とは、まったくちがう。山姥はながい時間のなかで、ひとつひとつ、生きることに不必要なものを理念のなかから捨て去ってゆく」（馬場あき子）。

馬場さんの見方は、山姥に関する民間伝承よりも、世阿弥の見方に、すなわち洗練された文学的把握、あるいは、仏教的な認識にもとづいているといえます。実際、彼女はこう書いています。《能『山姥』の中心をなす思想は、『般若心経』のそれであり、あらゆるものを存在そのものとして認めようとする老荘的な東洋精神でもある》（馬場、二八四頁）。鈴木大拙も『山姥』に関して、山姥とは、その恐ろしい姿かたちに反して、人間と自然のうちにある深遠な愛を体現する存在なのだ、と述べています（鈴木大拙『続 禅と日本文化』）。

しかし、山姥が山人であると考えるならば、それが平地社会の葛藤あるいはジェンダー差別を越えているという見方は、『般若心経』的な解釈によって生まれたものだとはいえません。山姥＝山人がジェンダーを越えているのは当然なのです。したがって、それは仏教的認識によるのではなく、むしろ仏教のほうが山姥＝山人の境地を目指しているのです。山姥＝山人は、いいかえれば、原遊動性は、ラカンがいう「現実界」にあり、感覚的には把握できない。そのために、天狗や鬼のようなイメージがいわれてきたわけです。それに比べて、『般若心経』のほうが山人を了解しているように見えるのは、なぜでしょうか。それは、仏教的境地が、ある意味で「山人」を回復するものだからです。私の考えでは、普遍宗教は交換様式Dなのですが、それは交換様式Aと同様に、しかし、より高次元において原遊動性（現実界）を回復するものです。その境地が山姥に似てくるのは、そのためです。

水田さんによれば、近代文学においては、野の女あるいは魔女のタイプが主流であった。それに対して、水田さんは、「山姥」のイメージを「小説の主人公に形象化し、現代の女性の内面表現と、新たな生き方を模索した」作品を見出しています。大庭みな子や津島佑子などの作品にそれがあるというのです。

《山姥は、民話や説話の中にだけ生きる過去の存在というよりは、語り手や書き手によって、語り直され、書き直される新しい像である。山姥は、時代と文学の想像力によって新しい人物像へと形象され、テキストに書き込まれ、書き直されていくことを通して、現代までの物語の中に生き残り、女性の新たな生き方の哲学を担って蘇ってくる原型的存在であるといえるだろう》（『山姥たちの物語』）。

以上、原遊動性は、文学・文学批評において追求されてきたということができます。それは、原遊動性が経験的な探究を許さないものだからです。私自身は、さきほど述べた「抽象力」（思考実験）によって、この問題に接近できるのではないか、と考えています。そして、それが、今後において重要な意味をもつと思います。

移動と批評——トランスクリティーク

1

今日は、自分の過去の仕事をふりかえるような話をしたいと思います。というのも、今日の講演会は、雑誌「現代思想」で「柄谷行人の思想」という特集（二〇一五年一月臨時増刊号）をするので、それにあわせて企画されたものだからです。この特集は、特に『トランスクリティーク』から現在にいたるまでどういう過程があったのかを問うものです。そのために私自身、過去の仕事をふりかえることになった。

元来、私は自分の仕事をふりかえることはしません。読み返しもしない。たとえば、昨年亡くなった作家大西巨人が、私に関してこういうことを書いていたので、恐縮したことがあります。

講談社一九八五年刊、柄谷行人著『内省と遡行』の「あとがき」に、「むろん私は後をふりかえろうとは思わない。いいかえれば、自分の過去の仕事に、私的な意味づけを強いようと思わない。」という雄雄しい断言があり、私は、その断言を我流に解釈して、たいそう同感同意している。その「同感同意」に反するような陥穽に万が一にもおちいらぬためには、この「自作再見」の「紙幅の制約」が、私にとってなかなか有益であるのかもしれない。(「自作再見」(一九九〇年)、『大西巨人文選 4』一九九六年、みすず書房、二九六―二九七頁)

私が書いたのは『内省と遡行』(講談社学術文庫)の「あとがき」で、一九八五年三月という日付が付してあります。少し説明を加えると、「言語・数・貨幣」という論文は、体系的な著作なのですが、最後の章で挫折してしまった。そして、それを放棄して、別の仕事(『探究』)を始めた。しかし、それまで雑誌に書いたものは、そのまま出版することにした。そういう経緯があったのです。私は、この後に、「したがって、「内省と遡行」と「言語・数・貨幣」という未完の論文を、そのままで読者の手に委ねたいと思う」と書いています。

これは、大西さんがいうような「雄々しい断言」ではありません。情けない断言です。どうして彼がそう思ったのか。考えてみると、大西さんは過去の仕事をふりかえる人です。

しかも、極端なほどに。たとえば、『神聖喜劇』という小説があります。これは一九六〇年ごろから雑誌に連載されたもので、一九七八年頃にカッパ・ノベルスから出版されたのですが、まもなく改訂版をハード・カバーで出した。その後、何度か別の出版社から出ましたが、その都度、かなり加筆修正しています。もしかすると、最晩年まで直していたかもしれませんね。

大西さんはそういう方だから、私の態度が決然としていて「雄々しい」と思ったのかもしれません。しかし、私が自分の昔の仕事をふりかえらないのは、別に高邁な理由からではなく、たんにそれが嫌だからです。それに、前の仕事が嫌にならないようでは、新たな仕事ができない。実際の所、前とさほど違っているわけではないのですが、そう思わないとできない。いつも今、やっていることがすべてです。そういう感じで、ここ四〇年ほどやって来た感じがします。

しかし、そうはいっても、私も後ろをふりかえることがある。それは、他人に強いられたときです。たとえば、今回のケースがそうです。さらに、この前台湾に講演に行ったのですが、講演の一つは、台湾大学で「柄谷行人の思想」と題するシンポジウムがあって、そこで話したものです。そのために、私は、自分がこれまでやってきたことをふりかえる必要があったのです。

そのとき、私は文芸批評家だった、ということを話しました。台湾では、私が文芸批評家だったことは情報としては知っていても、少数の研究者は別として、私の文学評論を読んだ人はいない。もちろん、台湾にかぎらない。日本でも似たようなものです。一〇年ほど前ですが、私は若い人にこういわれた。先生は文学についても書かれるんですね、と。それにはちょっと驚きましたが、無理もないのです。私は確かに文芸批評家であって、たくさん、文学評論を書き、本を出しましたが、八〇年代に入って、狭義の文学の仕事はしなくなった。せいぜい、文学賞の選考委員をする程度でした。そして、それも、九〇年代の終りには、すべてやめてしまった。だから、私が文芸批評家であったことを知らない人がいても、当然だと思います。

しかし、海外では、台湾を別にすると、私を知っている人は大体、批評家として知っています。私の仕事が外国で翻訳されるようになったのは、一九九〇年代からですが、文学批評の仕事が最初です。一九九三年にアメリカで『日本近代文学の起源』が出版された。つぎに、ドイツ語版。さらに、アジアでは、韓国で、『日本近代文学の起源』の翻訳が出たのが、一九九七年です。また、中国本土では、二〇〇五年ぐらいですが、やはり『日本近代文学の起源』が最初の本でした。つまり、どこでも、文学批評の本から紹介された。だから、その後に文学と無縁の本が多く出版されたにもかかわらず、まだ、私が文学批評家であるという認識が続いています。『トランスクリティーク』以後は大分変わってきましたが、基本的には同じです。あとでいうように、『トランスクリティーク』は本質的に文学批評的な仕事ですから。

先に、自分の仕事をふりかえるのは、他人に強いられた時だといいましたが、その代表的な例は、自分の本が外国語に翻訳されて序文を書くように頼まれたときです。そのときは、さすがに、ふりかえらないわけにはいかない。特に、『日本近代文学の起源』に関しては、そういうことがありました。私は、各国版に向けて、そのつど序文を書いた。それは別に苦痛ではありませんでした。というのは、それぞれ、各国の読者を念頭におくと、とたんに新たな考えが湧いて出てくるからです。それは、この本を書いた一九七〇年代の半ばにはなかったものです。すると、序文を書くということは、新たな論文を書くのと同じことになる。だから、現在、岩波書店から出ている「定本」版では、それらの序文をすべて収録しています。

このように、海外では、私は今も文芸批評家です。とりわけ、韓国や中国ではそうです。先ず韓国にかんしていうと、ジョ・ヨンイルという若い批評家がいます。韓国文学専攻なのですが、多数私の本を訳しています。この人によれば、私の『日本近代文学の起源』が出て以来、韓国の文学研究は一変したそうです。それまで作家論、作品論、テーマ論程度に止まっていたのですが、私の本が出てから、近代文学一般、とりわけ韓国における近代文学の起源について考えるようになった。

しかし、それは複雑な問題です。韓国の近代文学は日本の支配下で始まったのですから。

それは、私が日本で考えていたこととは、別の観点を必要とするだろうと思います。たとえば、私は二〇〇四年ごろ、「近代文学の終り」という講演を「早稲田文学」に発表しました。これがただちに韓国で翻訳されてエライ騒ぎになった。賛否両論、というより、反撥のほうが強くて、韓国の文壇、学会で論争がおこった。しかし、私は「近代文学の終り」では、韓国でも文学が終ったといってはいますが、日本のように極端なことにはならないだろうと考えていたので、そんな反応があるとは思いませんでした。

その上、日本では「近代文学の終り」は特に話題にならなかったと思います。私に見棄てられたと憤る人たちが多少いた程度で。実際、私が『日本近代文学の起源』で「起源」を論じたとき、すでに「終り」が念頭にあってそういったわけですから、「近代文学の終り」といっても、特に意外なことではなかったと思います。たとえば、『近代文学の終り』(インスクリプト、二〇〇五年)という本の「あとがき」を見ると、こう書いてあった。《かつては「近代文学」は自明=自然ではなく歴史的な制度なのだ、といわなければならなかったが、今日では、「近代文学」はたんに歴史的である、つまり、もはや過去のものだという意味で。私自身も文学の現場から降りてしまっていた》。

この論文が韓国で話題になったのは、韓国固有の事情からです。ついでにいうと、この論文は英語にもなっていないのに、なぜかフランス語に翻訳された。それは今でもＷｅｂで読めます。これも、あとでいいますが、フランスの文学状況に関係するからだと思います。とにかく、韓国では、この論文をめぐって、論争が何年も続いたそうです。この論争に関して、ジョ・ヨンイルさんがだいぶん前に、『柄谷行人と韓国文学』という本を出しました。さらに、その後、『世界文学の構造』という本を出した。すでに日本語に訳されているので、早晩刊行されると思いますが、それらを読むと、現代韓国の文化的な状況がよくわかるのではないか、と思います。といっても、私自身、最近までそのような経緯をまったく知らなかったのです。

実は、私は四、五年前、韓国ドラマ『姉さん』を見ていて、変だな、と思ったことがあります。その中で、ソン・ユナ扮する「姉さん」の恋人で、国文学者である男が、テレビに出て文学について解説するシーンがあります。彼はこう主張します。《最近韓国では、文学が終わったという議論がなされているが、私は反対です。人間に感情があるかぎり、文学は終わらない》。

このドラマを見て感じたのは、第一に、韓国では大衆的なテレビ・ドラマでこんな話をするのか、という驚きです。第二に、もしかすると、これは、私の論文をめぐって論争があった時期なのではないか、と思ったのです。確かに、このドラマが韓国で放映されたのは二〇〇五年頃ですし、ジョ・ヨンイルさんに確かめたら、ドラマのことは知らないけど、たぶんそうだろう、といっていました。

さらに、最近気づいたことがあります。韓国の文学評論『闘争の詩学』（藤原書店）が昨年出版されましたが、著者金明仁は、日本語版序文で、これを書いたのは自分がまだ文芸批評家であったころで、今は、自分は批評家ではない、二〇〇五年に批評をやめたのだ、と書いています。なぜ二〇〇五年か。これもまた、「近代文学の終り」に関する論争があったことと関係がある、と思います。というのは、実際、この本の第三章に、それを思わせるようなことが書いてあるからです。《いまだ多くの作家や詩人は堕落していませんが、その堕落していない作家や詩人の居場所がますます消えつつあるのが今日の現実であり、それを「文学の死」といっても現在は大きく間違ってはいません。いや、より正確にいえば、それは現在、私たちの知っている「近代文学の死」というべきでしょう》（渡辺直紀訳）。

結局、韓国でも「近代文学」は終ったといってよい、と思います。一方、中国では、受け取り方がまったく違いました。『日本近代文学の起源』の翻訳が出た時期も遅いですが、すぐに、「中文」の必読文献になったそうです。そして、それには理由があるのです。二〇〇六年ごろ、私は北京に講演に行ったのですが、そのときにそれまで思いもよらなかったことに気づきました。

『日本近代文学の起源』（一九八〇年）は、明治二〇年代、特に日清戦争後の日本文学を論じたものです。この本で、私は特に国木田独歩という作家を中心に論じました。彼は日清戦争で従軍記者として若くして有名になった。しかし、戦後には何もすることがなく、虚脱状態になった。そこで、北海道に行ったのです。そこで、彼は「風景」を見出した。日本の近代文学は、そのときに始まった、と私は書いています。

私が取り上げたのは国木田独歩の「忘れえぬ人々」という短編小説です。「忘れえぬ」というのは、重要であるから忘れられない、忘れてはならないという意味ではありません。忘れてもかまわない、どうでもいいようなものなのに、忘れられないというような人々あるいは事物です。こういうアイロニーが、独歩にあります。「風景」は、そのような価値転倒によって見出されたのです。それまでは、風景とは重要な名所旧跡となるようなところでした。

どうしてこのような自意識をもつ人物が出てきたのか。それは、日清戦争と関係があります。といっても、『日本近代文学の起源』を書いた時点では、そんなことを考えていなかった。私が注目していたのはそれ以前に自由民権運動の挫折があり、そこから北村透谷や二葉亭四迷のような近代文学が出てきた、ということです。しかし、日清戦争の後は、さらに目標を喪失して内面性に閉じられていった。そこに、国木田独歩のようなタイプが出てきたわけです。

さらに、国木田独歩の例は、日本の近代文学が植民地主義とつながることを示しています。国木田が行った北海道は、日本にとって、最初の植民地でした。明治維新以後、それまで南端をのぞいてアイヌしか住んでいなかった地域に、日本人が入植した。明治日本は日清戦争後に台湾に向かい、さらに朝鮮に向かった。また、琉球を日本領土に入れることが確定したのも、日清戦争の結果です。そして、そのような植民地主義政策の発端にあるのが、北海道への植民でした。

もちろん、国木田は帝国主義者ではありません。繊細で、内面的で、アイロニカルな作家です。しかし、彼の内面性は、政治的現実を否認することによって生まれています。日本の近代文学は、根本的に、このような内面性にあるということができます。今日でも、国木田独歩のような作家がいます。村上春樹です。

ところで、八年ほど前ですが、中国で『日本近代文学の起源』が出版されて講演に行ったとき、それがまさに「中国現代文学的起源」と重なるということに気づいたのです。日清戦争以後、日本は戦争の賠償金によって、重工業化を進めた。また台湾を領有し、朝鮮半島への進出を強めた。一方、敗れた清朝は、まもなく、日本に大量の留学生を送った。それは清朝を強化するためでしたが、逆に、留学生たちは、清朝を倒し近代国家を創る運動の中心となった。

重要なのは、そのとき、中国の近代文学・思想の基盤が作られたということです。そのころ日本に来た留学生が、「言文一致」をふくめて、日本の近代文学に起こっていたものを取り入れたのです。それまで西洋に留学した人は大勢いましたが、根本的な影響を受けなかった。ところが、日本に留学した者は、日本、というよりもむしろ日本人が近代西洋を受け入れたやり方を見て、影響を受けたのです。

たとえば、その代表が魯迅です。彼は医学の勉強のために日本に来たのですが、途中から文学に向かった。近代文学の内面性は、いわば、虚無感にもとづいています。しかし、日本と中国では、その中身が違っていた。勝利した側の日本では、それは国木田独歩に見られるように目標を喪失した虚無感であり、したがって内面性に閉じられていったのに対して、敗北した側の中国では、虚無感は、現実的な変革を志向する目標につながっていったのです。中国では、現在、清朝末期の文学や哲学が重視されています。私の本はその文脈において読まれたのです。

ここで、もう一つの例として、台湾をとりあげます。台湾は、韓国とも中国とも違います。台湾で私の本は近年かなり訳されているのですが、哲学・理論が中心で、文学批評の本はありません。先ほどいったように、私は二ヶ月ほど前に台湾に行きましたが、それは『哲学の起源』の出版を記念して講演するためでした。

しかし、台湾では『日本近代文学の起源』が出版されていない。なぜなのか。もちろん大陸版（簡体字）で読めるせいもありますが、それだけではない。私はこう思うのです。そもそも台湾は日清戦争の後で、清朝が日本に割譲したものです。ここでは、清朝末期の知識人が近代日本から学んでナショナリズムを形成したような過程はありえない。日本帝国のほうが到来したからです。また、台湾人がその後に独立を考えるようになったとき、つまり、彼らの存在をネーションとして意味づけようとしたとき、文学に訴えることをしなかった、ゆえに、「近代文学」が特別の価値をもたなかったのではないか、と思うのです。しかし、台湾では文学が終ったわけではない。津島佑子さんが書いていますが、たとえば、現在、原住民文学や同性愛文学があるそうです。ただ、ナショナリズムを自然に喚起するような文学がない、ということです。

2

このように、とくにふりかえる気がなくても、過去の仕事をふりかえることになります。そして、『近代日本文学の起源』一つをふりかえるだけでも、いろんなことが見えてきます。しかし、私自身は、もう文学について積極的に考える気はありません。また、今日皆さんにこれ以上話す気もありません。『日本近代文学の起源』は、まだ、近代文学が特別の価値をもっていた時代に、それを批判(吟味)しようとして書いたものです。だから、今、それをいっても意味がない。実際、近年、文学は特別の価値をもたなくなっていると思います。たとえば、日本の大学では文学部がつぎつぎと消滅しました。文学の地位が下落したことは疑いありません。もし今日、作家が尊敬されるとしたら、それは作品が売れているからであって、売れない作家は見向きもされない。これは文学の評価というよりも、資本主義市場経済の原理にもとづく評価です。

以前は違っていました。文学の読者は少数でもよい。今、読まれてなくても、いつか読まれるようになる。そして、永遠に残る。文学をやる人たちにはそのような信仰があったのです。先ほどいった大西巨人がそのよい例です。彼は自作に徹底的に手を入れた。死ぬまでそれをつづけた。他に、埴谷雄高を例にあげます。彼の代表作は『死霊』という作品です。埴谷さんは大西さんと違って、書き直しはしなかった。逆に、一九三〇年代に書き始めた『死霊』という作品を、同じ文体で書き続け、八〇年代に完結させたのです。しかし、彼らの態度は共通しています。彼らの作品は極度に限定された時と所にもとづいているのですが、それを深く掘り下げて普遍的なものにしようとした。また、彼らは同時代の人の評価などまったく問題にしていなかった。むしろ、何世紀か後の評価を考えていた。

その意味で、文学に対する彼らの態度は、宗教的な信仰に似ています。私は別に、それがよい、と思っているわけではありませんが、とにかく、一九九〇年までは、そのような信仰があった。今例にあげた二人だけではなく、文学にたずさわる者は皆、そう信じていたのです。通俗小説を書いている作家も「純文学」を信じていた。しかし、そのような信仰は今はありません。資本主義市場経済の原理がとってかわった。私はそのなかで、文学批評をやりつづける気にはなれなかったのです。

かといって、文学への信仰を回復しようとする気にもならなかった。私の若い友人で、東大で英文学を教えている人が、こういうことを話してくれました。彼の学生たちは小説を読んでいないし、読み方もわからない。だから、先ず『ハリー・ポッター』を読ませて、それから追々と文学にふり向けていく、というのです。私は大学を退職してよかった、とつくづく思いました。

ただ、これに似た経験が以前にあります。一九七〇年代にアメリカに行ったとき、私は学生のほとんどが、文学作品を高校や大学の教室で読んできたということを知りました。私はあきれた。そもそも、文学は学校で習うようなものではない、と思っていたからです。だから、アメリカ人には文学なんかわかるわけがない、と思ったのです。が、考えてみると、アメリカでも昔は違っていたはずです。古典は別ですが、現代文学などは学校で学ぶようなものではなかった。それでもよく読まれていた。ところが、誰も文学を読まないような時代になってしまった。だから、学校で文学を読ませるようにしたのでしょう。また、創作学科のようなものを作った。その意味で、日本人はアメリカですでに起こったことを遅れてやっているだけだ、といえます。

しかし、私が文学批評から身を引くようになったのは、たんに文学が衰退したからという理由ではありません。もともと、私は狭い意味での文学批評をやっていなかった。文学批評は、文学作品を論じることですが、私が文学批評をやろうと思ったのは、たんにそのためではありません。文学批評では、対象としては文学でないものを論じることができます。たとえば、哲学や宗教学、経済学、歴史学といったものも、文学批評の対象となる。

文学批評は何を扱ってもよいのです。それが書かれたテクストであるならば。もし哲学や経済学、歴史学といった何かを専門にすると、それ以外のことができなくなる。が、文学批評であれば、それができる。私は欲張りなので、文学批評を選んだのです。

だから、私は、文学批評をやめたといっても、別に、今までとまるで違ったことをやりだしたわけではありません。つまり、文学から哲学的・理論的な仕事に移ったわけではない。前からそういう仕事をやっていたからです。だから、私が文学をやめたというのは、狭い意味での文学とかかわることをやめたということではありません。私が「文学」をやめたということは、むしろ哲学・理論的な仕事の領域に関してあてはまることです。

そのことが自分にとってもはっきりしたのは、二〇世紀の末に、『トランスクリティーク——カントとマルクス』という本を書きおえたあとです。この本は、ある意味で、文学批評です。実際、その表題の〝クリティーク〟は批評という意味です。カントとマルクスのテクストを読み、そこから新たな意味を汲み上げること。その意味で、これまで私がやってきたのと同じ批評、つまり、文学批評です。

しかし、一方で、私はこの書物で、それまでのとは違った、私自身のスタンスを提示しています。そのことは、表題の transcritique という語にも示されています。ちなみに、この語は私の造語ですから、英語の辞書には出ていません。ここで、トランスは、超越論的 (transcendental) および横断的 (transversal) という意味です。前者はいわばカントの方法です。それは垂直的です。私が強調したのは、後者の、横断的という意味合いのほうです。それは移動（shift, displacement）と言い換えてもいいと思います。この点で、中国語の翻訳は面白かった。「跨越性批判」というのです。私は中国語では発音できないので、「跨ぎ越え性批判」と読んでいますが、「跨ぐ」が横断的という意味になるのでしょう。私自身は十字架のイメージを思い浮かべていますけど。

とにかく私は、この本で、カントやマルクスの批評性が「移動」によってもたらされた、ということを示したのです。これは、この時期に初めて考えたことではありません。私は一九七〇年代に書いた『マルクスその可能性の中心』で、そのことを書いていました。たとえば、マルクスの理論は、ドイツの哲学、フランスの政治論、イギリスの経済学からなり、それらを綜合したものである、といわれます。しかし、マルクスの理論はどこにでも適用できるような何かなのではない。彼の理論とは批評であり、それは、ドイツ的言説空間からフランス的言説空間への、さらにイギリス的言説空間への「移動」を通して見出されたものです。そして、彼が移動したのは彼の意志によるものではない。それは、政治的状況に強いられた亡命です。

私は九〇年代の後半になって、私自身がそのような移動をしていることに気づきました。もちろん、好んで移動したのではない。ソ連邦の崩壊、冷戦構造の終焉とともに、私は徐々に、以前とは異なる場所に移されていることに気づいたのです。そのような時期に、

『トランスクリティーク』を書いた。この本は、先にいったように、カントやマルクスのテクストの読解ですが、実は、最後に、カントからもマルクスからも決して出てこないようなことを書いています。それが「交換様式」論です。すなわち、社会構成体の歴史を、マルクスのように生産様式から見るのではなく、交換様式から見ること。この認識は、『トランスクリティーク』ではまだ目立たないけれども、それから一〇年後に書いた『世界史の構造』では、はっきりします。

とはいえ、それは『トランスクリティーク』を書いていた時期に生まれた考えです。そして、そこにいたるまでに、私の「移動」があったことは明らかです。それはたんに理論的な移動ではなかった。実際、私は、この本を書いてまもなく、NAM（新アソシエーショニスト運動）の実践を始めました。だから、それまでの私とは態度が根本的に変わった。私が文学をやめた、というのは、むしろそのことを意味します。なぜこの時期に、そうしたのか。それをいう前に、私は文学批評が何であったのかを話したいと思います。

3

私は先ほど、文学に特別の価値があったが、それが無くなったといいました。なぜそうなったのか。この問いは、逆の問いに転じます。すなわち、なぜ、いつ、いかにして、文学が特別の意味をもつようになったのか。先ずそれを知る必要があるのです。

そのような変化は、一八世紀後半のヨーロッパにおこった、といえます。宗教はいうまでもなく、哲学でも伝統的に、感性（感覚や感情）が否定的に見られてきました。しかし、近代の哲学では、商工業の発展、自然科学の興隆とともに、感覚を重視する態度が生じた。それまでは、感覚にもとづく知は虚妄であるとされていたのです。さらに、一八世紀には、感情を重視する態度が生まれた。感情もまた、それまで否定的に見られていたのです。

たとえば、先ほどいった韓国ドラマで、登場人物が「人間に感情があるかぎり、文学は終らない」といいました。しかし、韓国でもどこでも、昔から感情が重視されていたわけではありません。感情を重視するようになったのは、近代です。そして、そのような態度をもたらしたのは、近代の市場経済の浸透です。

たとえば、イギリスでは、一八世紀後半、産業革命とともに、新たな見方が出てきました。アダム・スミスがいう同情 sympathy が、その一例です。スミスは経済に関して自由競争（レッセフェール）を説いたのですが、他方で、それがもたらす階級格差を憂慮していました。今の新自由主義者とはまったく違います。スミスは今では経済学者として知られていますが、一貫して倫理学者でした。彼が唱えたのは新たな倫理であり、その核心が「同情」です。それは宗教で説く、憐憫や慈悲とは似て非なるものです。スミスがいう同情とは、人の身になって考える「想像力」であって、それはむしろ、エゴイズムの肯定、すなわち、近代の市場経済を前提するものです。したがって、同情は、近代以前の共同体が壊れたあとに、そして、エゴイズムが浸透したあとに、出てくるものです。だから、それ以前の宗教的慈悲や憐憫とは異質なのです。

同情は、いわば新たな感情です。同情において、感情はそれまでとは違った価値をもつようになります。たとえば、一八世紀の英文学では、センチメンタリズムという言葉は、新しい態度として、肯定的な意味で使われていました。たとえば、ローレンス・スターンの『センチメンタル・ジャーニー』という作品があります。これは感傷的旅というような意味ではありません。『センチメンタル・ジャーニー』の日本版は、夏目漱石の『草枕』だといっていいでしょう。

このように、感情や想像力を重視する態度が強まった。それとともに、感情や想像力に根ざす文学が重視されるようになりました。つまり、宗教や哲学にかわって、文学が重視されるようになった。それとともに、ナショナリズムが出てきました。というのも、ネーションとは、このような同情(想像力)によって新たに形成される共同体、つまり、「想像の共同体」だからです。ドイツを例にとると、ドイツ人は、一九世紀後半にプロシアが統一するまで、多数の国家に分かれ、また、宗派に分かれて抗争していました。その間、彼らを民族として統合できたのは、文学だけです。その意味で、ドイツ民族とはドイツ文学にほかならないのです。

ただし、このような変化は、必ずしも、ヨーロッパに限定されるものではありません。たとえば、日本でも、スミスと同じころ、つまり、一八世紀後半に、本居宣長という学者が、それまで優位であった考え方をくつがえした。徳川幕府の下では、朱子学的な知と道徳が優越していたのですが、宣長は感情を基盤にして、それらを批判しました。朱子学的な知や道徳は、自然の感情に根ざさない人工的な観念である、と。それらに対して、彼は、文学によって喚起される「もののあはれ」という感情を重視しました。

といっても、それは、たんなる感情ではなく、そこに、哲学や宗教にはないような「知」が存在する、と宣長は考えた。さらに、彼は、儒教によって非道徳的と非難されてきた『源氏物語』にこそ、むしろ本当の道徳性がある、といった。また、彼がいう「もののあはれ」とは、スミスのいう「同情」であるといえます。だから、それは、それまでの封建制の下で士農工商という身分、そして各藩に分かれていた人々を、「同情」によって結合する新たな共同体をもたらしたのです。それが日本のナショナリズムです。

これは、ヨーロッパとは関係なく、出てきた考えです。といっても、日本独自というわけでもない。それは一八世紀後半になって、商人階級が強くなり、感性的な要素が肯定されるようになった状況から生まれたのです。このような宣長の批評がのちに「国学」となった。つまり、日本のナショナリズムがそこに生まれたのです。その意味で、ナショナリズムは、文学あるいは文学批評に根ざしているといえます。

感覚、感情、そして、文学がこのように重視されるようになったのは、近代社会において当然だといえます。しかし、それを真に理論的に考察したのは、私の見るかぎり、カント一人です。彼は、文学・芸術が、哲学的な知や宗教的な道徳性に対して、どのような関係にあるのかを見極めようとした。といっても、彼が目指したのは、たんに文学・芸術を位置づけることではありません。われわれの知の可能性と限界を明らかにすること、です。カントの考えでは、感性を伴わない理性は空虚である。形而上学はそのようなものです。他方、理性を伴わない感性は盲目である。つまり、感覚や感情だけでは、知にはなりません。そこで、カントは、理性と感性をつなぐものを見出そうとしました。それが想像力(構想力)です。それまで、想像力は、不在のものを想起したり、存在しないものを空想することと見なされていました。それは感覚・感情と同様に、低く見られてきた。このことは、それまで文学が知的に低く見られてきたのと同じです。ところが、カントの位置づけによって、想像力、したがって、文学・芸術が、重要な地位を獲得しました。それは、感性や理性ではできないこと、いいかえれば、フィジックスやメタフィジックスではできないことを、実現するものと見なされたからです。

それまで、文学はいつも教会から、非道徳的だという理由で、攻撃されてきました。したがって、一八世紀西洋では、「詩の擁護」や「文学の擁護」というような論が多く書かれました。それらは、文学を宗教の非難から擁護するものでした。カント以後、文学はそのような非難を免れた。立派な存在理由を与えられたからです。しかし、文学は宗教からの非難を免れたとしても、自由になったわけでありません。逆に、大変な重荷を背負うことになった。なぜなら、想像力はある意味で、理性を引き受けることになるからです。たとえば、イギリスの詩人コールリッジはカントにもとづいて、想像力imaginationと空想fancyを区別しました。これらは通常、混同されていますが、カントがいう想像力は、たんなる空想ではなく、理性と感性をつなげる何かでなければならないのです。

具体的にいうと、文学において、想像力と空想の違いは、近代文学と物語の違いに類似しています。物語は昔からあります。そして、それは空想によるものです。空想は自由奔放にみえますが、構造論的に決定されています。それは、物語を見ればわかります。古来、同じ型がくりかえされている。たとえば貴種流離譚がそうです。本来高い地位を受けつぐべき者（貴種）が、何らかの事情でそれから離れ（流離）、苦難を経たあげく、その地位に就くというような物語。したがって、空想はけっして自由奔放ではありません。その逆です。

近代小説は、物語にもとづくと同時に、その批判としてあるわけです。たとえば、『ドン・キホーテ』は騎士道物語にもとづくとともに、その批評です。そのような批評性がなくなれば、物語に戻ってしまいます。それが通俗小説と呼ばれるものです。そこには構造しかありません。それ以外はゼロ。まさに「永遠のゼロ」のようなものです。

近代文学が感性と理性を媒介するということは、別の観点からもいえます。たとえば、個別的な自分を感性、一般的な自己を理性とみなしてもよいでしょう。文学以外の領域では、個別的な自己は捨象されます。理性的なものは、個人の感情を越えたものでなければならないから。しかし、近代文学は、個別的な自分を肯定するところから始まります。むろん、そこにとどまるわけではない。近代文学は同時に、それを普遍的なものとしなければならないのです。たとえば、自分の特殊な体験を書いても、それが万人に通じるものとならないならば、文学ではない。

だから、文学では、理性よりも感性が重視される、と考えるのはまちがいです。感性が重視されるのは、理性とつながることによってのみ、です。文学は、物語や詩として昔からあった。「人間に感情があるかぎり」、それはあった。しかし、それは、宗教や哲学から見て、下等なものであると見なされたのです。それが近代において重視されるようになったのは、それが普遍的な真理あるいは道徳性とつながったときからです。その時から、文学は永遠だ、と思われるようになったのです。

文学が永遠に見えるのは、それが理性を背負っているからであり、また、そのかぎりにおいてです。たとえば、以前は、「純文学と通俗文学」という区別がありました。それは「想像力と空想力」の区別に対応しています。「通俗文学」は、物語と同じ構造をもっています。一方、「純文学」は物語・空想にもとづくのですが、同時に、そのような物語・空想を批評することにおいて成立する。つまり、そのことが想像力であり、そしてそこに純文学がある、といえます。しかし、今日、このような区別は成り立たなくなっています。このことを考えるには、文学・想像力を、理性との関係において見なおす必要があります。カントの場合、想像力は、理性と感性との関係においてのみ存在します。この観点からいえば、近代文学は、これまで宗教が引き受けてきた問題を引き受けなければならない。つまり、道徳的課題を引き受けなければなりません。しかし、カントのあとに出てきたロマン派は、想像力あるいは文学の優位を当然のように見なしました。それに対して、いわば感性の側からの批判があった。それがリアリズム文学です。しかし、そのどちらも「理性」、つまり道徳的契機を欠くことになります。

また、先にいったように、ロマン主義からはナショナリズムが発生してきました。つまり、文学が、想像の共同体としてのネーションの基盤となった。むろん、カントはそのようなものを認めなかった。たとえば、彼はナショナリズムを「妄想」だといっています。当然、彼はナショナリズムにつながる文学を認めない。彼は、どこかのネーション（ポリス）ではなく、「コスモポリス」の立場に立っていたからです。おそらく、文学に関して、カントの態度を受けついだのは、「世界文学」を唱えたゲーテでしょう。

くりかえすと、近代文学は宗教に由来する道徳的課題を背負うものです。文学が宗教から解放されても、この課題から解放されるわけではない。別のかたちで、それを背負うことになります。それが社会主義という課題としてあらわれた。つまり、宗教にかわって、文学を制約するものとしてあらわれたのが、「政治」なのです。

文学にとっては、「政治」は重荷です。確かに、それらに従属したのでは、文学は芸術ではなくなる。かといって、それを捨ててしまっては、ただの娯楽になってしまう。あとでいいますが、実際に、文学が一切の重荷から解放される状況が生まれた。一九九〇年以後です。しかし、それとともに「文学」は終ったのです。もちろん、娯楽としては残っているし、繁盛してもいます。が、理性と感性を媒介するものとしての想像力は、消えてしまった。そもそも、社会主義という理念が消えたからです。

私が文学批評から足を洗うようになったのは、この時期です。もちろん、それは狭義の文学批評をやめたということではありません。先ほどいったように、私はもっと前から文学の現場から離れていました。そして、哲学的な仕事をしていました。だから、私が文学をやめると考えたとき、実際は、文学というより、それまでやっていたような哲学をやめる、ということを意味したのです。それについて説明したいと思います。

4

私が文学批評を選んだのは一九六〇年代の初めごろです。文学批評なら、何でもできるのではないか、と考えた。私がそう考えたのは、一つには批評家、吉本隆明の影響があります。それだけでなく、日本では戦後、文学批評に対する特別な信頼がありました。それは戦前・戦中に、哲学および社会科学が致命的な醜態をさらしてきたからです。戦後は、文学批評だけが残った。文学は、感性的な個人的次元を捨象することなく、同時に、個人を越えた社会構造のような次元を同時にとらえる。つまり、文学批評では、自分自身を捨象することなく、世界をとらえることができる。戦前・戦中の経験を踏まえてものを考えるためには、文学批評が必要だったのです。

日本では、戦前から、文学批評が、哲学や社会科学に対抗する知として存在してきました。その場合、つぎの点に留意すべきです。文学批評といっても、小林秀雄がそうであったように、実質的に、フランス哲学なのです。フランスでは、哲学と文学に明瞭な境目がありません。だから、フランス以外の国では、フランスの哲学は、大学の哲学科ではなくフランス文学科で研究されます。少なくとも、日本では戦前からそうで、戦後もそうです。戦後のアメリカでも同様です。哲学科では分析哲学が中心で、他はドイツ哲学です。

かつて哲学といえば、どこでもドイツの哲学が中心でしたが、第二次大戦後に没落しました。しかし、ドイツ哲学はある意味で、フランスに受けつがれたのです。たとえば、サルトルがそうです。彼はヘーゲルやフッサール、ハイデガー、そして、その後にマルクス

いて、日本の文学は全体的に違ったものになる。……、彼はフランスの哲学者でした。つまり、彼は

をドイツから導入したのですが、同時に典型的にフランスの哲学者でした。つまり、彼は小説・戯曲を書き、晩年まで「フロベール論」など文学批評の仕事をしました。フランスでは、哲学者がそういうことをすることに、別に違和感がない。たとえば、ルソーは哲学者なのか、作家なのか、と問う人はいません。だから、私が哲学ではなく、文学批評を選んだといっても、それはフランス哲学のようなタイプの哲学を選んだのだ、といってもいいわけです。

戦後日本では、知識人の間で、哲学や社会科学が失墜したのに対して、フランス哲学と結びついた文学批評は生き残った。また、ドイツ哲学や京都学派の哲学にかわって、サルトルをはじめとするフランスの哲学が支配的となりました。それは文学批評と表裏一体です。社会科学の領域でも、丸山眞男のような政治学者は、文学批評に近いものでした。彼の弟子、藤田省三・橋川文三となると、事実上、文学批評家であったといえます。

ところで、フランス哲学が第二次大戦後の世界において重要な位置を占めるようになったことは、実は、フランス国家が戦後の冷戦体制の中で、政治的に特異な位置を占めたこととと関連しています。

第二次大戦後は、米ソの二元的対立が続いた。一般に、それは資本主義と社会主義の対立だとみなされます。しかし、注意すべきことは、ソ連の社会主義に対する幻滅が強くなっていたことです。資本主義＝アメリカを否定したい。かといって、社会主義＝ソ連にも

希望をもてない。となれば、それ以外の「第三の道」はないか、と考えるのは当然です。もちろん、それは実在しない。が、それを求めることが「想像力」であり、「文学」なのです。むろん、それは狭義の文学とは別です。政治であれ、哲学であれ、第三の道を求める「想像力」が必要となったということです。

先ず政治のレベルでいうと、冷戦時代において追求された「第三の道」の一つは、文字通り「第三世界」と呼ばれる運動です。第三世界は後進国ないしその地域を指す言葉になってしまいましたが、本来、第一世界（アメリカ圏）と第二世界（ソ連圏）に対抗するプロジェクトとして生まれたものです。だから、一九九〇年以後に、第二世界が消滅するとともに、第三世界が消滅したのは当然です。

ところで、「第三の道」に関して、もう一つの例があります。それがフランスです。ド・ゴール大統領のもとで、フランスは、米ソのどちらでもない第三の勢力を作ろうとした。それはいわば「ヨーロッパ」です。このプロジェクトは、第三世界と同様、一九九〇年以後、第二世界の消滅によって意味をなくし、むしろドイツ中心のEUに吸収されてしまいました。ただ、ド・ゴールが企てたフランス国家の意図は、政治的次元でよりもむしろ、米ソ以外の「第三の道」を求める思想的プロジェクト、つまり、戦後のフランス哲学において実現されたといえます。だから、この時期のフランス哲学には特別な意味があるのです。

それは、先ほど述べたサルトルに代表されます。そもそも、彼の初期の仕事は、想像力についての理論でした。彼は、「想像力」を、現に在るものを無化（néantisation）して、ここに無いものを志向する能力としてとらえた。サルトルはこのとき、カントに言及しなかったけれども、あらためて「想像力」の意義を回復させたのです。そして、このことは、たんに哲学的問題ではなかった。彼は政治的に、資本主義（アメリカ）でも社会主義（ソ連）でもない、「第三の道」を求めたからです。

この点では、日本でも同じです。黒田寛一が唱えた「反帝反スタ」は文字通りそうですし、吉本隆明がいう「自立」もそのような意味をもっていました。自立とは、二つの勢力から自立することです。フランスの場合、そのような自立が国家的な次元で追求されたといえます。それとは直接のつながりはないのですが、哲学においてそれを追求したのがサルトルです。彼以後の哲学者も同じような課題を追求したということができます。

もちろん、彼らはサルトルを批判したし、サルトルの想像力という概念も斥けた。しかし、たとえば、デリダが、形而上学的な二項対立の脱構築を唱えたとき、彼は、二項のいずれでもない何かを示そうとしたのであって、それはまさに「第三の道」を見出すことです。また、デリダが形而上学的な二項対立を批判したとき、それは古代からある形而上学というより、冷戦時代にあった政治的な二項対立、つまり、米ソの二項対立を意味していました。さらに、デリダの哲学は、テクストの読解を中心とするものでした。したがって、旧来の哲学から見ると、それは、文学批評に限りなく近づくものだった、といえます。つい最近デリダの伝記が日本で出版されました。分厚い本なので、拾い読みしただけですが、その中にちょっと意外なことが書いてあった。彼は若くして哲学者として嘱望されていたのに、文学をやりたがった、というのです。つまり、デリダは徐々に文学に近づいたのではない。前からそうだった。これまで私はこう考えていました。私は文学から哲学に向かったのに、デリダは哲学から文学に向かった、そこが決定的に違う、と。しかし、どうやら元々似たようなタイプだったのです。

デリダは二項対立の脱構築（ディコンストラクション）を唱えましたが、ドゥルーズに関しても、同じことがいえます。すなわち、彼も、ソ連でもないアメリカでもない、第三の道を「想像力」に求めたといっていいと思います。ゆえに、彼もまた、哲学から文学・芸術に向かった。しかし、私が今このことをいうのは、フランスの哲学者の偉大さを讃えるためではありません。それが一九九〇年の時点で、転換点を迎えたということをいうためです。

一九九〇年、ソ連圏が崩壊したのち、冷戦時代の二項対立は終焉を迎えた。第二世界の消滅のあとに圧倒的になったのは、グローバルな資本主義です。つまり、新自由主義です。私の見るところ、フランスの現代思想はこの状況に抵抗できない。それはむしろ、新自由主義にとって役立つものです。もちろん、私の知るかぎり、デリダもドゥルーズもこの変化に対して、すぐさま敏感に対応しました。たとえば、彼らはそれぞれ、マルクス主義者であることを公然と語るようになったのです。しかし、このような変化は、ポストモダニズムの潮流によって打ち消されてしまった。ドゥルーズはまもなく自殺してしまった。

第二の道が消えると、第三の道も成り立たない。まります。通常、ソ連邦の解体は旧左翼にとって大きな打撃であったといわれます。しかし、私はそう思わなかった。むしろ、打撃を受けたのは、「新左翼」です。それまで、新左翼は旧左翼を批判していれば、何かやってきた気になれた。だから、旧左翼の消滅は、新左翼にとってこそ危機だったのです。しかし、そのような危機はほとんど気づかれなかった。同様に、気づかれていないのは、それまで「第三の道」を見出してきた、哲学＝文学批評が、この時期、その存在根拠を奪われたということです。

かつてニーチェは「神は死んだ」といいました。しかし、ニーチェにとって、宗教は死んだとしても、かわりに芸術が生きていたのです。また、彼は、カント・ヘーゲルのような哲学が死んでも、『ツァラトストラかく語りき』のような詩（文学）は永遠に残ると考えていた。実際、これは『新約聖書』に対抗する意図をもった作品です。が、もしそうであるなら、別に、神は死んでいない。芸術が神となっただけです。ハイデガーもそうですし、ドゥルーズにしても、宗教・哲学に対抗して芸術をもってきた。では、文学・芸術が死んだらどうなるのか。これが、二〇世紀の末に、私の出会った問題です。

私は九〇年代に『トランスクリティーク』を書き始めた。カントとマルクスを根本的に読みなおそうとしたのです。しかし、九〇年代の末にいたって、私はそのような批評の限界を感じました。先ほどいったように、私の『トランスクリティーク』は文学批評と同じですが、最後に違ってきます。文学批評とは、いわば、テクストの中に「第三の道」を見出すことです。が、私はこの段階でそのようなやり方を放棄した。そして、私は、カントからもマルクスからも出てこない、交換様式という考え方を導入しました。さらにまた、私はそこから社会運動の実践に向かった。

それは「移動」です。が、私はあえて移動を求めたのではない。気がついたら、私は冷戦時代になかった状況の中に投げ出されていたのです。状況そのものが移動していた。だから、私はその中で、これまでの考えにこだわらず、考えなおそうとしたのです。それが、私のいうトランスクリティークです。

私は、私自身の思想をふくめて、それまでの思想が誤謬であったとか、虚偽であったとは、思いません。そもそも、いつでもどこででも真理であるような言説はないのです。冷戦時代のテクストは、その時代には批評性をもちえた。しかし、九〇年代以後にはそれをもたない。もちろん、彼らのテクストは、いつかまた、違ったかたちで読めるかもしれません。しかし、今それをいうのは、早すぎる。

私は『トランスクリティーク』以来、一〇年あまり、『トランスクリティーク』で提起した「交換様式」の問題を発展させようとしてきました。それが『世界史の構造』であり、また、『哲学の起源』、『帝国の構造』です。このような仕事を今後も続けるだろうと思います。と同時に、私は過去の仕事をふりかえることを考えています。

最初に、私は後ろをふりかえらないといいました。外的に強いられた時をのぞいて。しかし、自分自身、積極的に過去をふりかえったことがあります。それは、二〇〇三年ごろですが、「定本 柄谷行人集」全五巻（岩波書店）を編纂したときです。このとき、私は前に書いたものを徹底的に書き直して「定本」を作った。禁煙したせいもありますが、その間、他の仕事、新しい仕事は何もしなかった。文学についてもあらためて読みなおしたのです。

実は、私は今、過去の仕事を再検討することを考えています。たとえば、文芸評論をまとめる、また、哲学的著作をまとめる、など。さらに、先ほど『内省と遡行』という本の「あとがき」で、ふりかえることをしない、と書いたことを話しましたが、三〇年前に未完に終った「言語・数・貨幣」をこれから完成することも、考えています。再び、挫折して放棄してしまうかもしれませんが。

思想的地震について

　私はこれまで講演集を二冊出した。『言葉と悲劇』（一九八九年）と『〈戦前〉の思考』（一九九三年）である。前者は一九八四年から八八年まで、後者は一九九〇年から九三年までの講演を集めたものだ。別の観点からいえば、前者は、昭和時代の終り、戦後の世界体制の終りが迫っていたころであり、後者は、そのことが湾岸戦争と日本の参戦という事態としてあらわれたころである。私がここで〈戦前〉と呼んだのは、第二次大戦の前という意味ではなく、われわれがすでに次の戦争の前に立っているという意味であった。

　爾来、私は講演集を出していない。むろんその後も講演は沢山したのだが、それらは『倫理21』（二〇〇〇年）や『日本精神分析』（二〇〇二年）のような本として結実した。そのため講演集として出す機会がなかったのである。しかし、理由はそれだけではない。三冊目の講演集として、それ以後の講演を検討してみたが、収録するのにふさわしい講演があまり見あたらなかった。それは、一九九五年以後、私が考えにおいて、また、そのスタイルにおいて著しく変わったためである。

　一言でいえば、私は文学的・批評的であるよりも、哲学的・理論的となった。それは、

「歴史の終焉」といわれた時期にあって、根本的にものを考え直そうとしたからである。また、私にとって中上健次の死(一九九二年)が大きかった。私をかろうじて文学に繋ぎ止めていた存在が消えたのである。「近代文学の終り」(二〇〇三年)という講演よりずっと前に、私にとって近代文学は終っていた。私は中上の死後、文芸雑誌「群像」で連載エッセイ「探究」を再開し、カントについて書き始めた。それが世紀末に『トランスクリティーク』という著作となった。

以来、私の講演はむしろ自分の理論を説明することが中心となった。つまり、それは基本的に本に書いたことをわかりやすくいうだけだから、講演集として出す意味もなくなったのである。かつて私はメモだけで、時にはメモもなしに講演をした。最初に述べた二冊の講演集に入っているのは、そのような講演である。出版するにあたって大幅に書き改めたけれども。今ではそんな講演は到底できそうもないが、以前はそれが普通であった。そこには即興的な演奏のように、その場においてだけ出てくる、自身にとっても思いがけない発見があった。

講演草稿を準備するようになったのは、一九九〇年代に入って定期的にアメリカで教えはじめたことと関係があるだろう。アメリカの学者は、講演では草稿を読むのが普通であった。講演の即興性はむしろ質疑応答に出てくる、といってよい。彼らは、何回かの講演において得たレスポンスを考慮した上で論文を仕上げ、それを出版するのである。私も英語で講演するときは、周到に準備した草稿を読み上げた。ただし通常の講義では、日本語で書いた草稿をその場で適当に訳しながら話した。そうしているうちに、日本での講演でも次第に草稿を準備するようになったのである。そうなると、以前にあった講演の面白さは消えてしまった。

本書に収録したのは、自身が読んで、よしと思ったものだけである。そして、選んだものを見ると、そこに一つの主題が貫かれていることに気づいた。そして、それは「地震とカント」という講演に開示されていたものであった。

私は一九九五年に起こった二つの出来事に震撼させられた。それは阪神大震災と、ほぼ同時期に発覚したオウム真理教の事件である。それから数ヶ月後、私はソウルで開かれた建築家の国際会議で、「地震とカント」について話した。ある意味で、地震が私を、それまで支配的であったポストモダニズムの言説から脱却させたといってもよい。当時は、脱構築（deconstruction）ということが流行していたが、それはあからさまな破壊（destruction）の前では知的戯れにすぎないと思われた。私の『トランスクリティーク』という仕事はそこに発する。

この地震がもたらした諸問題は、以後消え失せたように見えたのだが、一六年後に思わぬかたちで回帰してきた。東日本大震災である。この地震が日本の社会を変えたことはまちがいない。たとえば、デモが普通に起こるようになった。私は二〇〇八年に「日本人はなぜデモをしないのか」という講演をした。しかし、地震の結果、日本は「人がデモをする社会」に変わったのである。のみならず、私はその波紋を台湾の「ひまわり革命」(二〇一四年)にも見いだした。他方で、私は津波による大量の死者を見て、阪神大震災の後に読んだ柳田国男の『先祖の話』を読み直し、『遊動論』を書くにいたった。その他の講演も、何らかのかたちで「地震」とつながっている。その意味で、私は本書を「思想的地震」と銘打つことにしたのである。

出版に際して、増田健史氏と田所健太郎氏のお世話になった。記して感謝する。

二〇一六年五月二七日

初出一覧

（それぞれ、講演年月／講演場所／初出を示す）

地震とカント　一九九五年六月／ソウル／*Anywise*, MIT Press, 1996.（邦訳『Anywise——知の諸問題をめぐる建築と哲学の対話』〔NTT出版、一九九九年〕、原題「建築と地震」）

他者としての物　二〇〇〇年六月／ニューヨーク／*Anything*, MIT Press, 2001.（邦訳『Anything——建築と物質／ものをめぐる諸問題』〔NTT出版、二〇〇七年〕）

近代文学の終り　二〇〇三年一〇月／近畿大学国際人文科学研究所付属大阪カレッジ／「早稲田文学」二〇〇四年五月号→『近代文学の終り』（インスクリプト、二〇〇五年）

日本精神分析再考　二〇〇八年一二月／日本ラカン協会／「I.R.S.」第九・一〇号、二〇一二年

都市プラニングとユートピア主義を再考する　二〇〇九年五月／カイセリ（トルコ）・エルジェス大学／「現代思想」二〇一五年一月臨時増刊号、原題 'Rethinking city planning and utopianism,' in *The Political Unconscious of Architecture*, Ashgate, England, 2011.

日本人はなぜデモをしないのか　二〇〇八年一一・一二月／早稲田大学・京都造形芸術大学

秋幸または幸徳秋水　二〇一二年八月／和歌山県新宮市、「ケンジアカデイア」（熊野大学主催）

／「文學界」二〇一二年一〇月号

帝国の周辺と亜周辺　二〇一四年五月／釜山大学／「ａｔプラス」第二一号、二〇一四年、原題「東アジア世界の構造〈韓国・釜山編〉——帝国の周辺と亜周辺」

「哲学の起源」とひまわり革命　二〇一四年一一月／台北

山人と山姥　二〇一四年一二月／城西大学

移動と批評——トランスクリティーク　二〇一五年一月／新宿、紀伊國屋ホール／「現代思想」二〇一五年三月号本書は、ちくま学芸文庫のために新たに編集された。

ちくま学芸文庫

柄谷行人《からたにこうじん》講演集成《こうえんしゅうせい》　1995-2015　思想的《しそうてき》地震《じしん》

二〇一七年一月十日　第一刷発行

著者　柄谷行人（からたに・こうじん）
発行者　山野浩一
発行所　株式会社　筑摩書房
東京都台東区蔵前二―五―三　〒一一一―八七五五
振替〇〇一六〇―八―四一二三

装幀者　安野光雅
印刷所　中央精版印刷株式会社
製本所　中央精版印刷株式会社

乱丁・落丁本の場合は、左記宛にご送付下さい。
送料小社負担でお取り替えいたします。
ご注文・お問い合わせも左記へお願いします。
筑摩書房サービスセンター
埼玉県さいたま市北区櫛引町二―六〇四　〒三三一―八五〇七
電話番号　〇四八―六五一―〇〇五三

ISBN978-4-480-09773-6 C0110